KB105189

리틀 나의 리그

나의 리틀리그

6회말 투아웃, 내 인생 최고의 순간

제임스 프렐러 지음 | 이경희 옮김

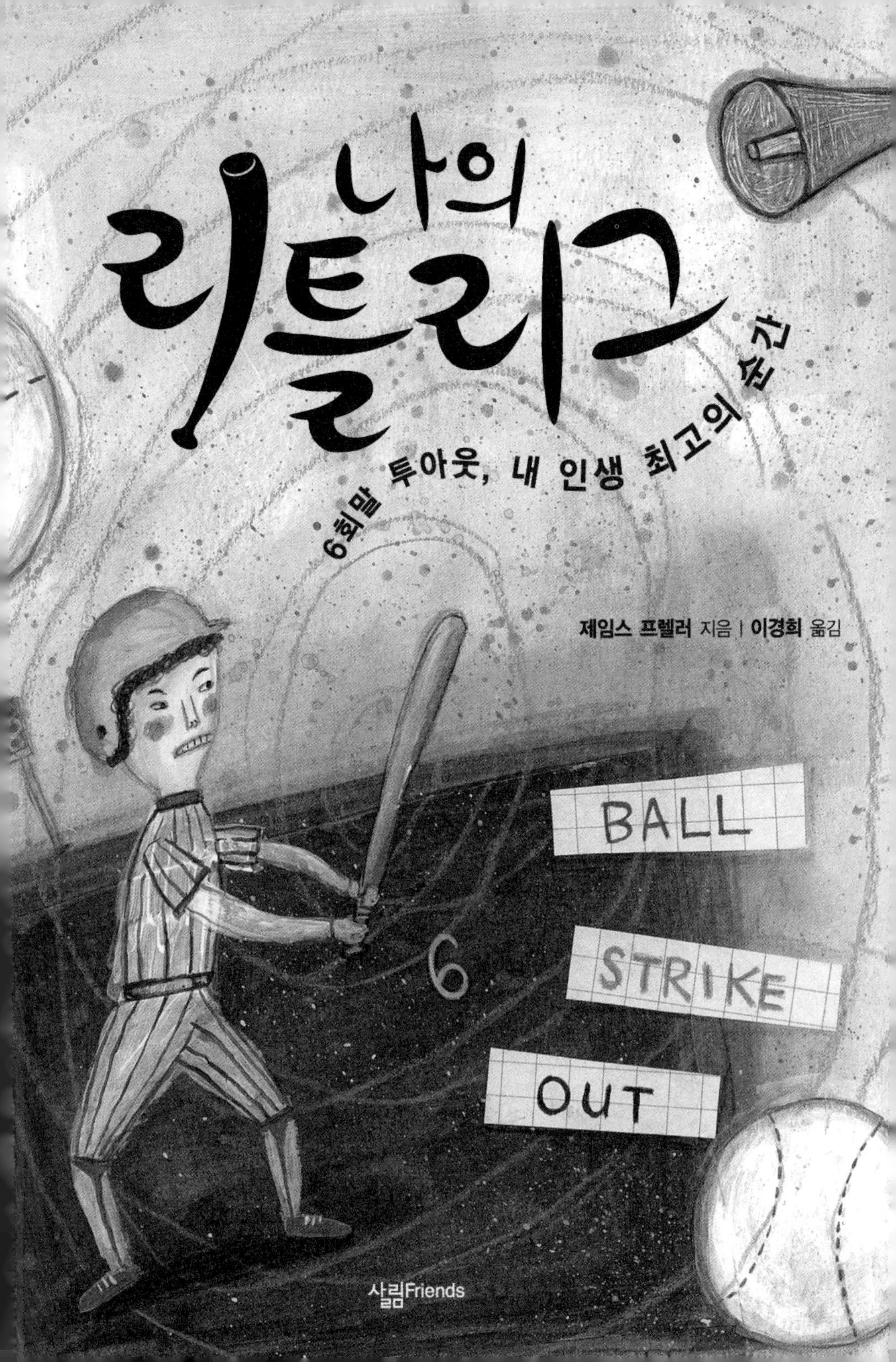

살림Friends

진실한 벗 D. 크레이그 워커를 기리며

타인의 삶에 영향을 주는 것이야말로 진정한 삶이다.

– 재키 로빈슨

야구는 어떤 경기일까요?

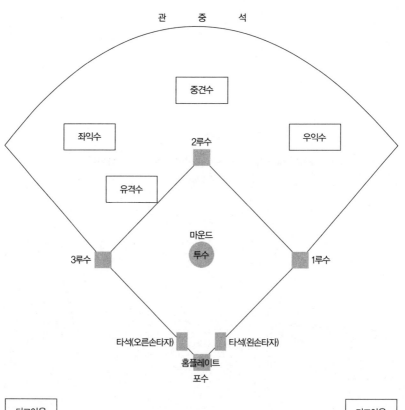

1. 명칭 : 야구(野球), 영어로는 베이스볼(baseball)

2. 기본 규칙 : 9명씩으로 이루어진 두 팀이 9회씩 공격과 수비를 번갈아 하며 승패를 겨루는 구기 경기. 1회당 초와 말로 이루어집니다(1회초→1회말→2회초→2회말……). 공격하는 쪽은 상대편 투수가 던진 공을 배트로 치고, 1, 2, 3루(베이스)를 돌아 본루(홈플레이트)로 돌아오면 1점을 얻습니다. 각 팀은 상대팀보다 많은 득점을 얻어 승리하는 것을 목적으로 합니다. 정식 경기가 끝났을 때 득점이 많은 팀이 그 경기의 승자가 됩니다. 이 소설에서는 미국의 리틀리그 경기를 보여 주고 있는데, 미국의 리틀리그는 9세~12세의 소년이 출전하는 리그로 6회 동안 진행됩니다.

3. 포지션 구성
- 배터리 : 투수(공을 던지는 선수), 포수(투수가 던진 공을 받는 선수)
- 내야수 : 1루수(1루를 지키는 선수), 2루수(2루를 지키는 선수), 3루수(3루를 지키는 선수), 유격수(보통 2루와 3루 사이에서 내야를 수비하는 선수)
- 외야수 : 우익수(펜스 안쪽 오른쪽을 수비하는 선수), 중견수(펜스 안쪽 중앙을 수비하는 선수), 좌익수(펜스 안쪽 왼쪽을 수비하는 선수)

4. 경기 진행
- 투수가 타자에게 공을 던지면서 경기가 시작됩니다. 그 공을 치거나 치지 않거나는 타자가 선택합니다. 타자가 공을 쳐서 수비수들이 잡지 못하면 안타가 되고, 루에 공이 도착하기 전까지 진루할 수 있습니다. 1루까지 갈 수 있는 안타는 1루타, 2루까지 갈 수 있는 안타는 2루타, 3루까지 갈 수 있는 안타는 3루타라고 부릅니다. 다음 타자가 안타를 치면 순서대로 진루합니다. 1번 타자가 1루타를 치고 1루에 나간 후 2번 타자가 1루타를 치면 1번 타자는 2루에, 2번 타자는 1루에 있게 되는 것이죠. 1, 2, 3루를 돌아 홈으로 돌아오면 1점이 됩니다. 타자가 친 공이 펜스를 넘기면 홈런이 되어 1, 2, 3루를 돌아 홈으로 돌아올 수 있습니다. 이때 루상에 있던 주자도 함께 들어오므로 주자가 한 명 나가 있을 때 홈런을 치면 2점을 얻을 수 있습니다.
- 투수가 정해진 코스로 공을 던지면 스트라이크라고 하고, 그 코스를 벗어나면 볼이라고 합니다. 스트라이크가 세 개면 타자는 아웃이 됩니다(삼진아웃). 볼이 네 개면 타자는 자동으로 1루로 걸어 나갈 수 있습니다. 타자가 친 공을 수비수가 잡으면 아웃이 됩니다. 타자가 아웃이 되면 정해진 타순에 따라 다음 타자가 타석에 들어섭니다. 공격팀은 아웃이 세 번 될 때까지 공격 기회가 있습니다. 세 번 아웃이 되면 공격과 수비를 교대합니다.

등장인물 소개

★ **샘 라이저** : 이 책의 주인공. 주목받던 리틀리그 야구선수였으나 어느 날 골육종이라는 불치병 진단을 받는다. 선수로서 운동장을 누비던 샘은 이제 방송실에서 중계방송을 하는 것으로 경기에 함께할 수밖에 없는데……

| 얼 그러브 팀 |

★ **딜런 반 잰트** : 선발투수. 닉만큼 강하고 빠른 공을 던지지는 않지만 경기를 잘 이끌어 나가는 선수. 아버지는 얼 그러브 팀의 코치인 앤디 반 잰트.

★ **난도 산체스** : 끊임없이 움직이며 재빠른 선수. 클레멘테와 끈질긴 승부를 한다.

★ **브랜든 레이드** : 어깨가 강하고 경기를 잘 이끌어 가는 포수. 며칠 전 어깨를 다쳤지만 비밀로 하고 경기에 참가한다. 아버지는 얼 그러브 팀의 감독인 제프 레이드.

★ **카터 해리스** : 유격수. 두 살 때 경찰관이던 아버지가 사고로 죽고 외삼촌인 지미에게 의지한다.

★ **에이먼 스위니** : 스위니 가의 쌍둥이 중 한 명. 오른손잡이라 '진짜 스위니'로 불린다.

★ **스쿠터 웰스** : 중견수. 1회말에 홈런성 타구를 잡아내는 파인 플레이를 펼친다.

★ **맥스 영** : 오랫동안 꿈꿔 왔던 타석에 서 결정적인 안타를 날린다.

★ **마이크 타이리** : 말하지 않아도 마음이 통하는 샘의 단짝 친구. 장래가 촉망받는 농구선수인 누나 캔디스에게만 가족의 기대가 쏠려 있는 상황이 싫다. 샘과 우정의 위기를 겪고 있다.

★ **알렉스 라이어니** : 아버지는 탐탁지 않게 생각하지만 장래의 메이저리거가 되기를 꿈꾼다. 안경을 쓴 후 실력이 더 좋아진다.

★ **타일러 와인버그** : 붉은 황소라는 별명을 가지고 있으며, 무조건 휘두르는 것을 좋아한다. 수비에는 별로 관심이 없지만 경기에서 좋은 수비를 펼친다.

★ **패트릭 웡** : 자신의 실책으로 팀이 경기를 망치고 있다고 생각하며 다시는 야구를 하지 않겠다고 결심한다.

★ **콜린 스위니** : 스위니 가의 쌍둥이 중 한 명. 왼손잡이라 '가짜 스위니'로 불린다. 장난기 넘치는 영화광으로서 팀에 활력을 불어 넣는 선수.

| 노스이스트 팀 |

★ **닉 클레멘테** : 선발투수이자 4번 타자. 덩치가 크고 엄청 빠른 공을 던지지만 잘난 척하는 타입.

★ **트래비스 그린** : 포수. 어깨가 강하다.

★ **에인절 태티스** : 브랜든과 밴드부에서 함께 연주하는 친구. 포 볼로 나가는 걸 아주 싫어한다.

★ **조이 크로커** : 평범한 내야 땅볼을 안타로 만들 정도로 발이 빠른 선수.

★ **루서 드로스** : 우익수. 팀에서 가장 어린 11살로 경기 중 결정적인 실수를 한다.

★ **마티 카르비노프스키** : 후보선수로서 아무도 활약을 기대하지 않지만 4회말에 딜런이 잘못 던진 공을 받아쳐 3점 홈런을 날린다.

★ **재스퍼 메드닉** : 실수를 연발하는 선수. 어쩐 일인지 리틀리그 챔피언전에 나오지 않아 궁금증을 불러일으킨다.

CONTENTS

경기 시작 전

샘 라이저의 침대는 체리 나무가 내려다보이는 이층 창문가에 놓여 있었다. 6월의 아침, 나무는 정신없이 울리는 알람시계처럼 지저귀는 새들이 온통 차지하고 있었다.

이놈의 새들, 입 좀 닥쳐. 난 더 자야 된단 말이야.

샘의 머릿속에 떠오른 첫 번째 생각이다.

오늘은 큰 경기가 있는 날이라구.

요건 두 번째 생각이다.

챔피언 결정전. 얼 그러브 수용용품 대 노스이스트 가스전기. 리틀리그 팀 이름으로 좀 더 괜찮은 건 없었나? 왜 '애송이'나 '해적' 같은 진짜 이름을 짓지 않았을까?

13살이 되기 3주 전부터 샘은 장난삼아 팀 이름들을 '애디런 댁 벙어리' '허클베리 핀의 창고' '달리아의 댄스 교실'이라고 바꿔 부르고 있었다. '터키석을 단 젖소'도 있다. 사람들이 듣기엔 좀 볼품없긴 했다. 하지만 경기가 시작되면 이름 같은 건 문제가 되지 않을 거다. 야구 같은 멋진 일을 망쳐 버리는 게 고작 기분 나쁜 이름만은 아닐 테니까.

샘은 오늘 있을 챔피언 결정전에 나가지는 못하지만 방송을 할 예정이다. 요즘처럼 힘들 때에는 그런 일밖에 할 수 없었다. 목소리가 공중에 울려 퍼지는 방송실의 소년인 한, 누구도 그에게 "우" 하는 야유를 보내지 않는 것도 사실이다. 디지털시계가 6시 37분을 가리켰다. 샘은 오줌을 눠야 했다. 잠에서 깨어난 건 아마 방광이 눌렸기 때문일 거다. 아니면 이 새로운 날 도무지 닥치려 들지 않는 저 못된 새들 때문일지도 모른다. 태양은 항상 떠오르는데, 저 멍청이들은 그게 세상에서 가장 놀라운 일이라도 되는 것처럼 미친 듯이 떠들어 댄다.

짹짹, 짹짹, 짹짹.

소리 한번 되게 크네.

샘의 머리맡에는 버저가 설치되어 있었다. 아빠가 자랑스럽게 여기는 괴상한 장치 중의 하나인데, 샘이 좀 더 쉽게 생활할 수 있도록 만든 것이다. 버튼을 누르면 세 개의 방에 벨이 울렸다. 그러면 엄마나 아빠가 방으로 뛰어 들어오곤 했다.

"괜찮니? 뭘 도와줄까?"

엄마 아빠의 눈을 바라보지 않을 수 있다면—정말로 보지 않는다면—그러면 좀 괜찮을 것 같은데.

샘은 절대로 사람들의 눈을 쳐다보지 않았다.

적어도 7시까지는 기다려 보기로 했다. 그 정도는 버틸 수 있었다. 샘은 야구 생각을 하면서 시간을 보냈다. 7학년★ 영어 시험에서 에세이 주제를 고르듯이 '그 생각을' 선택한 건 아니었다. 야구 생각을 하려고 '결정'한 건 아니었단 뜻이다. 검은 머리칼을 가지려고 결정하지는 않은 것처럼 말이다. 눈을 뜨니 야구공이 거기에 있었을 뿐이다. 커브를 그리고 있는, 쿠션을 덧댄 코르크 핵을 하얀 가죽으로 감싼 공이 그의 마음 한가운데에서 빙빙 맴돌고 있었다.

지난밤 경기의 결과가 궁금했다. 메츠와 필리스 중 누가 이겼을까? 그는 안달이 났고, 자세한 사항을 알고 싶었다. 6시 49분. 11분만 더. 그러면 7시 정각이 될 것이다. 하지만 아직이다. 샘은 꼼짝 않고 누워 있다. 움직이지 않는 몸. 한쪽 다리에 느껴지는 묵직한 통증. 무릎 바로 위쪽이다. 그래도 오늘은 별로 나쁘진 않다. 마이크 타이리는 "나쁘지 않다는 건 꽤 좋다는 거

★ 우리나라의 중학교 2학년.

야."라고 말했다. 샘은 그 말이 무슨 뜻인지 이해했다. 어떤 일에 대해 어떻게 느끼는지가 가장 중요하다는 뜻이었다. 어쨌든, 그런 말을 하는 건 쉬웠을 것이다. 사실 그는 아무것도 몰랐다. 샘이 어떻게 느끼는지는 아무도 몰랐다.

생각은 고리에 고리를 연결한 긴 쇠사슬 같았다. 샘은 버릇처럼 마음속에서 쇠사슬을 더듬어 올라가, 하나의 생각이 어떻게 다른 생각을 이끄는지를 추적했다. 생각은 새들에서 야구로, 버저로 계속 뻗어 갔다. 그런데 지금은 제일 친한 친구 마이크 타이리 생각을 하고 있었다.

최근 마이크와의 관계는 불안정하게 기울어지고 있었다. 마치 물건을 고루 싣지 않아 한쪽으로 기울어진 배처럼. 그들은 안 좋은 때에 말하거나, 정작 말해야 될 때는 잠자코 있었다. 그들의 우정은 새로운 방향으로 늘어나고 잡아당겨져 터지기 직전의 거품 같았다. 오늘 경기도 그렇다. 샘은 마이크가 경기에 나가게 되어 무척 흥분하고 있다는 걸 알고 있었다. 진정한 친구, 제일 친한 친구라면 마이크를 위해 기뻐해 줘야 할 것이다. 하지만 샘은 더 이상 그런 마음이 들지 않았다. 모든 게 달라졌다. 샘은 기분이 나빴다. 마이크에게도, 세상 누구한테도. 샘은 심술궂은 생각을 하는 자신이 싫었다.

이제 정말 가야 했다. 5분만 더. 4분만 더. 샘은 오늘 경기에 대해 생각했다. 투수 대결이 볼 만할 것이다. 닉 클레멘테는 노스이스트 팀의 투수였다. 덩치가 크고, 고약한 공을 던지곤 했다. 도저히 칠 수 없을 정도로 번개같이 빠른 공을 던졌다. 샘은 닉 클레멘테를 선수로서는 인정했지만 인간적으로는 그다지 좋아하지 않았다. 클레멘테는 자기가 왕인 양 거들먹거리며 돌아다니는 타입이었다. 덩치 크고 시끄러운 타입. 하지만 그게 꼭 나쁜 것만은 아니었다. 투수이기 때문에 거친 행동이 유리할 때도 있었다. 그는 공을 귀에 스치듯 던질 수도 있었다. 타자는 마운드에 선 닉 클레멘테를 절대로 편안하게 느낄 수 없었다. 그게 클레멘테의 장점이다.

얼 그러브 팀에서는 딜런 반 잰트가 나올 것이다. 딜런은 클레멘테만큼 고약하게 던지지는 않았다. 강한 인상을 주지도 못했다. 하지만 딜런은 영리하고, 마운드 위에서 뭘 해야 할지 잘 알고 있었다. 시즌 내내 공을 잘 던지기도 했다. 많은 타자들을 삼진 아웃시키지는 못했지만, 유격수 카터 해리스가 이끄는 탄탄한 수비가 그를 받쳐 주었다.

샘은 디지털시계를 보면서 기다렸다. 눈 깜짝할 사이에 세 개의 숫자가 돌아갔다. 6은 7이 되고, 5와 9는 0으로 휙 넘어갔다. 7시 정각. 샘은 버저를 눌렀다.

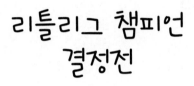

리틀리그 챔피언
결정전

얼 그러브 수영용품

	선수	포지션
1	딜런 반 잰트	투수
2	난도 산체스	3루수
3	브랜든 레이드	포수
4	카터 해리스	유격수
5	에이먼 스위니	좌익수
6	스쿠터 웰스	중견수
7	맥스 영	2루수
8	마이크 타이리	우익수
9	알렉스 라이어니	1루수

타일러 와인버그	후보
패트릭 웡	후보
콜린 스위니	후보

감독 : 제프 레이드

코치 : 앤디 반 잰트

득점 기록원 : 캐스퍼 라이어니

홈팀
노스이스트 가스전기

	선수	포지션
1	저스틴 핑크니	유격수
2	프랭크 오자니오	중견수
3	에인절 태티스	3루수
4	닉 클레멘테	투수
5	스티븐 스미스	1루수
6	오언 핀켈	좌익수
7	트래비스 그린	포수
8	조이 크로커	우익수
9	빌리 톰슨	2루수

	루서 드로스	후보
	마티 카르비노프스키	후보
	재스퍼 메드닉	결장

감독 : 로코 클레멘테

코치 : 테드 핑크니

※ 특별 규정

1. 각 선수는 경기장에서 최소 4이닝을 경기해야 한다.

2. 각 선수는 최소 한 번은 본루에 나와야 한다.

3. 모든 선수 교체는 2회와 4회가 끝난 후에 해야 한다.

1회1초

	1	2	3	4	5	6	득점	안타	실책
얼 그러브	–								
노스이스트									

타순 1 딜런 반 잰트 2 난도 산체스 3 브랜든 레이드

1시에 열리는 챔피언 결정전이 아주 먼 곳에서 달려오는 기관차처럼 막 시작되려고 한다. 가까이 다가올수록 기관차는 더욱 거대해진다. 마침내 이곳 경기장에, 커다란 기관차가 도착한다.

소년들은 이미 배팅 연습을 하고 있었다. 준비운동을 하고 마음을 가다듬는다. 제1구가 던져지기 전까지는 잡담하고, 농담하고, 빈둥거리다가 차츰 아무것도 하지 않고 생각에 잠긴다.

레이드 감독이 얼 그러브 팀 선수들을 불러 모아 경기에 앞서 당부의 말을 전한다. 숨죽인 외침이 정적을 깨뜨리고, 박수소리와 환성이 선수 대기실에서 터져 나온다. 모두가 외친다.

"팀!"

방송실에서 샘 라이저가 관중에게 알린다.

곧 국기에 대한 경례가 있겠습니다. 모두 일어나 국기를 향해 서
주시기 바랍니다.

양 팀 선수들이 베이스 라인으로 우르르 달려 나온다. 모두
들 홈 플레이트에서 파울선까지 이어진 흰색 선 위에 두 발을
벌리고 서서 모자를 벗고 가슴에 손을 얹고―콜린 스위니에게
머리를 탁 맞은 타일러 와인버그가 냉큼 모자를 벗는다―산들
바람에 국기가 나부끼는 모습을 바라본다. 애국가가 지지직거
리며 스피커에서 흘러나온다. 드디어 경기 시작. 공식전 기록
이 우수한 홈팀 노스이스트가 수비를 맡는다.

딜런 반 잰트는 홈 플레이트에서 3미터쯤 떨어진 곳에 서서
닉 클레멘테의 워밍업 투구에 맞춰 방망이를 휘둘러 본다. 클
레멘테는 연속해서 빠른공만 던져서 포수 트래비스 그린의 글
러브가 터져 나갈 지경이다. 퍽, 퍽, 퍽.

"몸쪽으로 던져!"

그린이 소리친다.

야수들은 1루 쪽 홈팀 더그아웃을 향해 느릿느릿 연습용 공

을 던진다.

"낮게 던지란 말이야!"

그린이 고함을 지른다.

매끄럽고 검은 피부의 유격수 저스틴 핑크니가 2루로 조용히 들어온다. 체구가 작은 2루수 빌리 톰슨을 보조하기 위해서다. 클레멘테는 성의 없이 헬리콥터처럼 붕 떠 오는 변화구를 휙 던진다. 그린이 능숙하게 낚아챈 후 재빨리 일어나 2루로 던진다.

어깨가 강한데. 딜런이 감탄하며 인정한다. 훌륭한 포수야.

짙은 파란 유니폼을 입은 덩치 큰 구심이 알린다.

"자, 경기 시작!"

홈 플레이트 위 뒤쪽에 있는 방송실 의자에 앉아 샘 라이저는 심장 박동이 빨라지는 걸 느낀다.

경기 시작.

마이크에 몸을 구부리고 검은색 단추를 누른다.

얼 그러브의 선두타자는 오늘의 선발투수인 딜런 반 잰트입니다.

그의 이름이 호명되자, 딜런은 3루 라인을 쳐다본다. 레이드 감독이 코치석에 서 있다. 감독이 박수를 치며 고개를 끄덕인다.

"딜런, 시작하자."

딜런은 초구는 지켜만 보기로 이미 마음을 정했다. 공이 어디로 오건 상관없다. 딜런은 방망이를 휘두르지 않을 것이다. 클레멘테의 직구를 보고 싶은 것이다. 바로 가까이서, 직접 말이다. 클레멘테의 동작을 지켜보고, 투하 지점을 찾아라. 하지만 먼저 긴장을 풀어야지. 머릿속에서 벌떼가 윙윙대는 소리를 없애야 해. 왜냐하면 내가 서 있는 바로 이곳에서 챔피언전을 치르고 있으니까. 얼마나 멋진 일인가?

딜런은 한복판에 파고드는 직구를 그냥 보내고, 원 스트라이크가 된다.

시작됐다.

클레멘테는 공을 던질 때마다 툴툴거리는 버릇이 있다. 마치 간절히 탈출하고 싶어 하는 우리 속의 황소 같다. 씩씩거리며 돌진하는 황소. 이미 177센티미터에 77킬로그램이나 나가는 클레멘테는 7학년생치고는 거대한 편이다. 모두가 그를 두려워하고, 그는 그것을 알고 있다. 그는 재빨리 던진다. 그리고 순식간에 투수판에 되돌아가 다음 투구 자세를 잡는다. 그는 마치 머리에 불이 붙은 것처럼 경기를 한다.

딜런은 땅에 발을 딛고 강인한 체격을 빙글 돌리며 가슴 높이로 들어오는 직구를 헛스윙한다. 늦어. 너무 늦다구. 딜런은 꽉 찬 관중석에서 뿜어 나오는 강렬하고 긴장된 분위기를 느끼며 타석에서 내려와 숨을 들이쉰다. 마운드에서 클레멘테가 노려보며 이렇게 말하는 것 같다.

"칠 수 있으면 쳐 봐."

투 스트라이크 상황에서 딜런은 방망이 손잡이 위로 손을 조금씩 움직여 본다. 직구가 올 거야. 딜런이 중얼거린다. 플레이트를 지켜라. 무슨 일이 있어도 그냥 내려가지 마라. 어깨에 방망이를 걸친 채 서서 삼진아웃을 당하는 것보다 더 나쁜 건 없다.

자판기처럼 단단하고 어깨가 떡 벌어진 클레멘테가 한 발 물러서서 와인드업★ 자세를 취한다. 양손을 가슴 앞에 모아서 머리 위로 쳐든다. 두꺼운 오른쪽 다리로 마운드를 딛고 투수판을 밀어내고, 동시에 왼쪽 무릎을 들어 올리면서 홈 플레이트를 향해 있는 힘껏 공을 던진다. 우오오오.

정말 터무니없는 공이다. 마치 하늘에서 툭 떨어지는 듯한 커브.★★ 한 순간 공이 바로 거기에 있는가 싶더니 없어진다. 맨홀 속에 빨려 들어가듯 사라져 버렸다.

헛스윙. 구심은 삼진을 선언한다. 씩 하고 만족스럽게 웃는 클레멘테에게 그린이 힘차게 공을 던져 준다.

★ windup. 투수가 투구시 공에 힘을 싣기 위해 손을 위로 끌어올리면서 발을 들어올리는 등의 일련의 동작.
★★ curve. 변화구의 하나로 공이 위에서 아래로 포물선을 그리며 떨어지는 특성을 가지고 있다.

2번 타자 난도 산체스가 타석에 들어서고 있습니다.

　할아버지가 섬으로 돌아가시고 난 후 출생증명서에 적힌 이름은 아르만도다. 사람들은 그를 난도라고 부른다. 난도는 매우 빨랐다. 와플을 먹는 것부터 땅볼을 잡는 것까지, 끊임없이 움직이며 재빠르다. 난도는 짧게 휘둘러 공을 친다. 따귀를 때리듯 안타를 치는 타자이지 힘으로 밀어붙이는 선수는 아니다.

　"그렇게 움직이면 돼."

　어느 날 난도의 아버지가 말했다.

　"속도는 절대 떨어지지 않아. 땅볼을 치고 달리는 거야, 난도. 날아갈 듯이 말이야."

　마르고 체구가 작은 난도는 과장되게 몸을 구부리면서 방망이를 휘두른다. 투수에게 스트라이크 존을 작게 내 주기 위해서다. 초구 두 개가 높게 들어와서 볼이 된다. 클레멘테가 마운드를 내려와서는, 화가 난 듯 글러브에 공을 퍽퍽 내리친다. 클레멘테의 분노에 난도가 겁을 내며 깜짝 놀란다. 클레멘테는 으르렁대며 다른 공을 던진다.

　"원 스트라이크!"

　심판이 외친다.

　굉장한 놈이야. 끝내주는데. 난도는 타석에서 내려와 안쪽 소매로 입술을 닦고, 타격용 장갑을 매만지고, 눈으로는 레이드 감독의 신호를 살핀다. 레이드 감독이 모자, 인디케이터,★ 허리띠 순으로 만진다. 난도는 번트 신호라는 것을 알아차린다. 눈치 빠른 3루수 에인절 태티스도 그것을 눈치 챈 것 같다. 그가 슬며시 들어와 글러브가 잔디 끝을 스칠 정도로 낮게 몸을 숙인다.

난도는 얼른 번트 자세를 취하고, 가슴 높이에서 방망이를 느슨하게 잡는다. 공이 높고 세차게 들어온다. 번트를 대기엔 멀어서 본능적으로 방망이를 휘두르고 만다. 그럭저럭 번트를 대고 파울 볼이 되자, 난도는 땅바닥에 털썩 주저앉는다.

투 스트라이크.

"괜찮아, 난도! 괜찮아!"

난도의 아빠가 관중석에서 외쳤다.

"난도, 이제 투 스트라이크야! 지켜야 돼!"

난도는 아빠, 엄마, 외할아버지, 외할머니, 두 형들, 그리고 가족들과 함께 의자에 틀어박혀 있는 아기 여동생을 돌아본다. 온 가족들이 난도가 챔피언 결정전을 치르는 모습을 보려고 온 것이다. 보지 마. 아니지. 가족들은 열정적으로 아주 열심히 응원해 주러 온 거야. 난도는 가족들이 이미 오래전에 이루었던

★ indicator. 야구경기에 쓰이는 기구. 구심이 판정의 정확성을 기하기 위하여 사용하는 소형 계수기.

일은 상관하지 말고 오늘을 자랑스러워하기를 바란다. 그는 투수에게 다시 집중한다.

클레멘테가 파충류 같은 눈으로 차갑고 냉정하게 쏘아본다. 그는 난도처럼 약한 타자에게 변화구를 사용하지 않을 것이다. 난도가 공 한 개라도 칠 수 있다는 걸 증명하기 전까지는 계속해서 직구를 던질 것이다.

"넌 투수의 존경을 얻어야 해."

산체스 씨는 아들에게 수없이 말했다.

"투수는 널 아웃시켜야 하지, 그 반대는 아니잖아. 꼼쁘렌떼 (알겠니), 난도? 그게 네가 자신감을 가져야 하는 이유야. 온 경기장이 네 것이라도 된 것처럼 힘차게 플레이트로 가. 방망이를 휘두르고 투수가 너를 존경하게 해!"

난도는 가망이 없다. 세 번째 스트라이크가 외곽을 파고든다. 아니면 적어도 심판이 그렇게 보았거나. 이래서 심판의 판단이 중요한 거다. 여긴 토론하는 모임이 아니긴 하지만, 샘이 보기에 그 공은 플레이트에서 6인치는 벗어난 것 같았다. 난도에게는 불운한 일이다. 그날 처음으로 심판이 잘못된 판정을 내렸다. 뭐, 그게 마지막은 아닐 테지만.

얼 그러브 더그아웃에서 모든 선수들이 즉시 앞으로 뛰어나왔다. 다음 대결을 보고 싶기 때문이다. 브랜든 레이드는 팀에서 가장 내로라하는 타자일지도 모른다. 튼튼하며 어깨가 떡 벌어졌다. 그것보다 그는 팀의 리더 중의 한 명이었고, 모두가 존경하는 선수이다. 만약 브랜든이 클레멘테의 공을 칠 수 없다면, 달리 누가 칠 수 있단 말인가?

우렁차고 쉰 목소리가 터져 나온다.

"애송아, 가자아아!"

샘은 단박에 그 목소리를 알아차린다. 마이크 타이리만 할 수 있으니까. 샘은 얼 그러브의 더그아웃이 더 잘 보이도록 몸을 앞으로 숙인다. 동시에 보이지 않는 실로 연결되어 있기라도 하듯 마이크가 샘을 되돌아본다.

전에도 그런 일이 수십 번 있었다. 예전에 겔러 선생님의 1학년 교실에서 둘이 친구가 되었던 것도 바로 그것 때문이다. 아론 폴리가 수학 시간에 토하고 난 직후에 무언의 대화를 나누었던 것이다. 굉장했다. 정말 멋졌다. 방대한 대화이기도 했다.

아론 폴리는 키가 작고 땅딸막한 체구에 영국 개 불도그를 생각나게 하는 찌그러진 얼굴을 하고 있었는데, 과자를 던지는 것보다 더 많은 일을 해냈다. 아니, 아론은 온 교실에 토하기로 작정한 것처럼, 마치 화산에서 분출하듯이 배 속에 든 것을 토해 냈다. 축축한 구토물이 우레와 같이 요란하게 타일 바닥에 튀었다.

아무도 말하지 않았다. 아무도 움직이지 않았다.

마침내 겔러 선생님이 재니스 딩검에게 지시했다.

"관리인 조를 불러오는 게 낫겠구나. 조에게 대걸레를 가져오라고 말해 주렴."

잠시 생각하더니 다시 말했다.

"큰 양동이도."

바로 그 순간, 샘이 힐끗 올려다봤고, 마이크도 뒤를 돌아 그를 보았다. 마이크의 얼굴은 유쾌함과 끔찍함, 즐거움과 두려움이 뒤섞여 있었다. 아무튼 둘은 서로의 생각을 알고 있었다. 그것도 아주 정확하게. 그들은 텔레파시를 통해 단 한 마디 말에 정신을 집중했다.

쉬는 시간에.

겔러 선생님은 오스틴 헤이즈에게 아론을 보건실로 데려다주라고 부탁했다. 그리고 조가 대걸레를 가지고 도착할 때까지 아이들을 운동장으로 쫓아냈다.

정글짐에 모인 소년들은 킥킥거리며 아론의 영웅적인 구토 사건을 이야기했다. 뜻밖의 쉬는 시간! 아론 폴리는 정말 좋은 친구야! 그 일로 샘과 마이크는 서로 친해지게 되었다. 소리가 들리지 않는(고약한 냄새는 나지만) 먼 곳에서도 표정과 단순한 눈빛만으로도 서로를 확실히 알 수 있게 된 것이다.

마이크는 기회가 된다면 나중에 살짝 도망쳐서 샘을 보러 갈 생각이었다. 더 훌륭한 선수인 샘이 저곳에 콕 박혀 있고 자신이 경기장에 있다는 건 잘못된 일인 것 같다. 마이크는 관중석을 확인하며 궁금해한다. 오셨을까? 부모님은 마이크의 시합을 많이 놓친다. 하지만 이번은 다르다. 이번 시합은 마이크에게 특별히 중요한 의미를 지닌다.

마이크는 마지막 공식전 경기를 마치고 늦은 시각에 차에서 내렸던 일을 기억한다. NBA 플레이오프 경기가 텔레비전에서 방송되고 있었다. 마이크는 여전히 유니폼을 입은 채, 약간의 재미를 느끼며 방송을 지켜보면서 기다렸다. 광고 방송 때문에 경기가 잠시 중단되었다.

"그래서? 어떻게 됐니?"

타이리 씨가 물었다.

"우리가 이겼어요."

마이크가 대답했다.

하지만 아빠가 다시 되물었다.

"네가 어떻게 했는지를 물었다."

"꽤 잘했어요. 포 볼로 1루로 나갔고, 도루했고, 득점도 했어요. 3루에서 좋은 수비를 보였어요. 내야에서 수비하는 게 좋아요."

"공은 안 쳤니?"

아빠가 물었다.

마이크는 대답을 할 수 없었다.

광고 방송이 끝나고, 농구 경기가 다시 시작되었다.

대화가 끝났다는 걸 마이크는 알고 있었다.

"우리가 챔피언 결정전에 나가게 됐어요."

마이크가 알렸다.

"경기가 토요일에 있어요."

마이크는 엄마와 아빠를 번갈아 쳐다보았다.

"저기, 엄마 아빠가 경기에 오실 수 있으면 좋을 것 같아요."

"토요일은 곤란하다는 걸 알잖니."

엄마가 말했다.

"생각해 볼게."

마이크에게 그 말은 한 가지를 의미했다. 만약 누나 캔디스가 AAU(아마추어경기연합) 농구경기를 한다면—누나가 항상 경기를 하는 건 아니잖아?—넌 운이 없는 거지. 왜냐하면 타이리 집안에는 이미 우수한 운동선수가 있으니까. 그 이름은 마이크가 아니었다.

두 명을 아웃시키고 있는 클레멘테 선수. 다음 타석에는 포수 브랜든 레이드가 들어섭니다.

더그아웃에 있는 다른 선수들이 마이크의 함성을 따라한다.

"애송아, 가자아아."

아주 열심이다. 활기찬 더그아웃에서 나오는 응원의 소리와 격려의 외침. 브랜든 레이드는 완두콩 샐러드처럼 차갑게 클레멘테를 쏘아보며 타석으로 걸어간다.

브랜든이 초구를 끌어당겨 치자 3루 라인 쪽으로 파울이 된다. 그 바람에 3루 코치석에 있던 브랜든의 아빠가 펄쩍 뛰어오른다. 레이드 감독이 주머니에서 손수건을 꺼내 흔든다.

"항복, 항복."

그가 관중을 향해 익살스런 동작을 한다.

사방에서 터져 나오는 웃음소리가 브랜든을 짜증나게 한다. 그는 아빠를 좋아하지만, 지금은 익살 부릴 시간이 아니다.

방송실에서 샘은 M&M 땅콩을 뜯어 입에 넣는다.

방망이를 빨리 휘둘러야 해. 클레멘테의 빠른공을 칠 수 있는 타자는 몇 안 돼.

샘이 빠른공을 능숙하게 칠 수 있는 몇 안 되는 선수 중에 한 명이라는 사실은 위로가 되지 않는다. 샘이 좋아하는 건 빠른

공을 던지는 투수와 직접 대결하는 일이니까.

닉 클레멘테가 직구를 또 하나 던져 브랜든을 도발한다. 이번엔 더 좋은 위치다. 팔꿈치 바로 위, 몸쪽으로 파고드는 높은 공. 브랜든이 간신히 파울을 치고 공은 그물망 뒤로 떨어진다.

투 스트라이크 상태인데도 브랜든은 여전히 자신감에 차 있다. 빠른공을 맞출 수 있다는 거다. 몸을 느슨하게 하고, 긴장을 풀었다. 방망이를 휘두를 때 팔이 아프긴 했지만 그건 방해되지 않는다. 공을 던질 때만 아프다. 브랜든은 타임을 부르고, 타석에서 내려온다. 초조해서 씩씩거리는 클레멘테를 괴롭히기 위해서다. 클레멘테가 아는 거라곤 '지금, 지금, 지금' 뿐이다. 그는 속이 부글부글 끓어올라 벽을 걷어차고 싶을 것이다. 그래서 브랜든은 꾸물거리고, 있지도 않은 흙을 털려고 운동화를 툭툭 치고, 이따금 곁눈질로 모래 한 알을 골라낸다.

저 녀석은 딜런에게 스트라이크 두 개를 변화구로 던졌어. 브랜든은 마음의 준비를 한다. 무게는 뒤쪽에, 손은 뒤로 가고 있어. 하지만 클레멘테는 예상을 깨고 직구를 던진다. 무릎쪽 공. 브랜든은 눈을 크게 뜨고 휘두른다. 그리곤 믿을 수 없다는 듯이 포수의 글러브를 뒤돌아본다. 속은 것이다.

에잇, 놓쳤어.

야구에서 탐색은 다섯 가지를 알아보는 것이다. 스피드, 수비 능력, 투구 능력, 장타력, 타율이다. 한 명의 타자가 다섯 가지 영역에 모두 뛰어나기란 드물다. 하지만 브랜든 레이드에게는 여섯 번째 능력이 있다. 건망증, 즉 잊어버리는 기술이다. 야구란 실패의 게임이다. 선수가 좌우할 수 있는 단 한 가지는 다음 경기, 다음 타석이다. 삼진? 실책? 패배? 과거의 경기는 가장 잊어버리기 쉬운 것 중 하나다. 아니면 딴 데로 제쳐 두거나. 그래서 브랜든은 더그아웃에 서둘러 돌아가 포수 장비를 껴입고, 태양 속으로 발길을 돌린다.

1회말

	1	2	3	4	5	6	득점	안타	실책
얼 그러브	○						○	○	○
노스이스트	–								

타순 1 저스틴 핑크니 2 프랭크 오자니오 3 에인절 태티스

"좋아, 애들아. 경기장을 장악해라."

레이드 감독이 열정적으로 외친다.

"에이먼, 흰색 선에서 걷지 마. 몸을 움직이란 말이야!"

얼 그러브 팀의 아홉 명의 선수들은 경기장으로 '걷지 않고' 달려 나간다. 감독은 모든 선수가 힘을 다해 경기장을 왔다 갔다 움직이기를 바란다. 오늘 처음으로 경기에 나온 알렉스 라이어니는 2루수 맥스 영에게 연습 삼아 땅볼을 던진다. 유격수 카터 해리스는 3루 베이스 근처에 있는 난도 산체스와 잡담을 한다. 겉보기에는 즐겁고 근심걱정 없는 듯하다. 왼쪽에서 오른쪽까지 외야수로는 에이먼 스위니, 스쿠터 웰스 그리고 마이

크 타이리가 있다. 모두들 날아오는 공을 빠른 속도로 쫓는다. 브랜든 레이드는 플레이트 뒤쪽에 자리를 잡는다.

갓 깎은 잔디 한가운데에 작고 둥근 언덕이 있다. 그쪽으로 오늘의 선발 투수, 왼손잡이 딜런 반 잰트가 천천히 걸어간다. 그렇다. 걸어가고 있다. 투수는 다르고, 특별하다. '걸어가라고' 넌지시 지시받는 유일한 선수다. 야구에서는 투수가 중요하다. 142그램의 공을 들고 있기 때문이다. 그가 던질 때까지 경기는 시작하지 않는다. 다른 선수들은 서서 기다릴 뿐이다. 그저 이 사이로 침을 뱉거나, 돌을 튕긴다. 투수의 허락 없이는 아무 일도 일어나지 않는다. 그가 던지는 순간, 경기는 시작된다.

나머지 아이들은 벤치에 앉아 있곤 한다. 그들은 그런 사실을 받아들인다. 하지만 어떤 선수들은 쫓겨난 기분을 느끼며, 팀이 수비를 펼칠 때 더욱 예민하게 반응한다. 그때가 되면 후보 선수나 버림받은 자, 6회 경기를 풀타임으로 소화하기에는 상태가 좋지 않다고 감독이 판단한 선수를 잘 알게 된다.

팀의 다른 선수들이 타석에 서는 동안, 후보 선수들은—또는 콜린 스위니의 표현에 따르면 2류 선수들—팀으로서 함께 경기에 참여한다. 어깨를 맞대고, 농담을 나누며 모두가 한 팀으로 느낀다. 하지만 세 명의 선수들이 아웃된 뒤 아홉 명의 선수들이 각자 글러브를 쥐고 경기장으로 달려가면, 세 명의 후보 선수들만이 뒤에 남겨진다. 그러면 회색빛 시멘트 더그아웃은 죄수가 선고를 받고 갇혀 버린 황량한 교도소 감방이나 지하 감옥과 비슷해진다.

그런 건 콜린 스위니를 괴롭히지 않는다. 사실, 별로 괴롭지 않다. 어쩌면 콜린은 후보 선수를 더 좋아하는지도 모른다. 물론 그렇게 말하지는 않았지만. 압박감도 없다. 해바라기 씨앗을 먹는 동안 실수할 수는 없으니까 말이다. 솔직하게 말하면, 콜린은 외야에 서는 일이 따분하다. 아무도 말하지 않고, 아무 일도 일어나지 않는다. 여러 날 동안 우익수 쪽에 서서 하는 일이라곤 햇볕에 코를 태우는 일뿐이다. 그러다 보면, 언젠가 콜린은 마을 수영장의 구조요원처럼 코에 하얀 물질을 바르고 나타나야 할 것이다. 그걸 뭐라고 부르지? 징크 옥사이드.★ 분명 우스울 것이다.

콜린은 스위니 성을 가진 두 명 중 한 명인데, 나머지 한 명은 에이먼이다. 일란성 쌍둥이다. 대체로 둘은 정반대다. 콜린은 왼손잡이고, 에이먼은 오른손잡이다. 콜린은 말하고 에이먼은 듣는다. 콜린은 농담하고 에이먼은 웃는다. 콜린은 랩과 록 그리고 영화를 좋아하지만 에이먼은 피아노를 연주하고 두꺼

★ Zinc oxide. 자외선 차단제 성분.

운 책을 더 좋아한다. 콜린은 즐겁게 운동하고 선수들과 잘 어울리지만, 에이먼은 운동을…… 음, 사실 확실하지는 않다. 아마도 에이먼은 콜린 주위에 있을 때 마음이 편안한 것 같다. 반잰트 코치는 농담으로 "에이먼은 오른손잡이니까 진짜 스위니"라고 부른다. 콜린은 "왼손잡이니까 괴짜 스위니."

팀에서 영화광이자 수다쟁이인 콜린은 다른 두 명의 후보 선수들인 패트릭 윙과 타일러 와인버그와 함께 벌써 수다판을 펼치고 있다.

"좋아. 내가 대사를 말할 거야. 너희들은 영화 제목을 맞추는 거야. '잘 들어, 루퍼스. 더그아웃 벤치에 죽치고 앉아서는 이 세상에 들어갈 수 없어. 안 그래? 이제 엉덩이를 들고 나가. 최선을 다하는 거야!'"

콜린이 말한다.

패트릭이 즉시 대답한다.

"쉽잖아. 꼴찌 야구단(The Bad News Bears)."

"맞았어. 빌리 밥 손튼이 주연한 리메이크 작품이 아니라, 원작에 나왔던 대사야. 보너스 문제. 코치 이름은 뭐게?"

에너지가 지나치게 넘치는지, 타일러는 의자에 앉아 발과 무릎을 달달 떨고 있다. 그가 패트릭 윙을 쳐다본다. 둘 다 답을 알지 못한다.

"모리스 버터메이커."

콜린이 답을 말한다.

"타일러, 이번엔 너한테 내는 문제야. '야구할 때는 울지 않는다.'"

"리틀 야구왕(The Sandlot)?"

타일러가 어림잡아 말한다.

콜린이 고개를 가로젓는다.

"루키(The Rookie)?"

아니다.

"꿈의 구장(Field of Dreams)?"

패트릭이 끼어든다.

"틀렸어, 윙."

콜린이 대답한다.

"그들만의 리그(A League of Their Own)."

"아, 톰 행크스가 나온 영화."

타일러가 말한다.

"여자팀에 관한 내용이지. 나 그 영화 좋아했어."

패트릭이 아는 척한다.

콜린은 야구 가방에서 껌 한 통을 꺼낸다.

"톰 행크스 영화 세 편을 먼저 말하는 사람한테 껌 한 개 줄게. 자, 빨리⋯⋯."

전형적인 야구 잡담. 더그아웃 어디에서나 들리는 대화. 아무 일도 일어날 것 같지 않은 빈 공간을 채우는 말들. 야구를 좋아하기 위해, 진짜로 경기를 좋아하기 위해서는 이런 텅 빈 공간을 즐겨야 한다. 생각하고, 집중하고, 잡담하는 시간을 즐겨야 한다. 볼, 스트라이크, 짧은 땅볼. 뻔한 흐름이 반복되는 경기는 천천히 리듬을 타며 끝을 향해 모인다. 몇 마일을 남겨놓지 않은 마라톤과 같다. 그건 나중에 누가 이길 것인가 하는 것만 빼면 극적이지도 않다.

마운드에서 딜런은 판에 박힌 워밍업 동작을 취한다. 오늘 그는 뭔가 새로운 것, 뱃속에서 퍼덕거리는 느낌을 감지한다. 몇 분간 헬륨이 가득 찬 풍선처럼 날아오르는 것같이 어지럽고 흔들리는 기분. 하지만 그 와중에 딜런은 시선을 느끼고 있다. 자신이 주목되고, 평가되고, 판단되는 것을 알고 있다. 노스이스트의 선수들이 더그아웃에서 입을 딱 벌리고 바라본다. 관중석의 팬들이 그를 평가한다. 투수판에 서면 으레 딸려오는 시선이다. 투수들의 마음속에는 작은 록 스타가 있다. 그들은 스포트라이트를 좋아한다. 보통 그렇다는 얘기다.

그 또래의 아이들처럼, 딜런은 아빠의 존재를 잘 알고 있다. 코치 앤디 반 잰트가 감독 제프 레이드 옆에 서 있다. 그는 전

투에 앞서 모든 것을 꿰뚫고 있는 사령관처럼 경기장을 바라보고 있다. 코치와 감독이 딜런이 던지는 것을 지켜보고는 고개를 끄덕이며 서로 속닥거린다. 레이드 감독이 뭔가 얘기하자 딜런의 아빠가 웃는다.

딜런은 잠시 투수석에서 내려와 자신을 추스른다. 주위를 둘러보는 것을 그만두어야 한다. 머릿속은 잡다한 생각으로 꽉 차 있다. 이제 마음을 정돈하고, 글러브에 집중하고, 한 번에 한 개씩 공을 던질 시간이다. 그는 뒤돌아서서 마지막 워밍업 투구에 온 힘을 쏟는다.

브랜든이 소리친다.

"몸쪽으로 던져!"

브랜든은 마지막으로 2루수에게 던질 때 어깨에서 무슨 느낌이 들었지만, 좋게 생각하려고 애쓴다. 그는 공을 흔들며 마운드로 올라간다.

"직접 이 공을 주고 싶었어."

브랜든이 딜런에게 공을 건네주며 말한다.

"손가락 한 개는 직구, 두 개는 커브야."

브랜든은 자존심 있는 야구 선수라면 모두가 외우고 있는 신호를 반복하며 설명한다.

"낮게 던지도록 해. 특히 변화구에서 말이야."

그가 충고한다.

"딜런, 오늘은 좀 힘이 없어 보여. 하지만 낮게 던지기만 하면 아무도 널 얕잡아 볼 수 없어."

노스이스트 가스 전기의 1번 타자는 유격수 저스틴 핑크니입니다.

스피커에서 흘러나오는 샘의 목소리를 듣고, 브랜든이 홈 플레이트로 고개를 돌린다.

"야, 너 신경 쓰이니?"

딜런이 브랜든을 부르며 다급하게 속삭인다.

브랜든은 빙긋 웃으며 새빨간 거짓말을 한다.

"농담하냐? 주위를 봐. 정말 멋지잖아. 대체 무엇 때문에 신경을 써야 한단 말야?"

그러고 나서 브랜든은 당당하게 냄새나는 트림을 한바탕 길게 한 뒤 만족스럽게 씩 웃는다.

포수들은 적절한 행동이나 이야기를 하는 데 필요한 요령을 알고 있다. 딜런이 고개를 흔들며 소리 없이 웃는다.

"여기서 꺼지기나 해."

1루수 알렉스 라이어니가 노스이스트 타자를 흥미롭게 지켜본다. 알렉스에게 저스틴 핑크니는 1번 타자라는 말보다 더 큰 의미를 지닌다. 저스틴은 이웃에 사는 친구이자 라이벌이다. 알렉스보다 아주 조금 더 잘하는 녀석이다. 하지만 훌륭한 야구 선수인 저스틴을 여러 해 동안 알고 지냈다 해도—아무리 공을 더 멀리 친다거나 더 빨리 공을 던졌다 해도 말이다—자신에 대한 알렉스의 믿음은 흔들리지 않았다. 확실히 저스틴은 괜찮은 선수다. 하지만 알렉스는? 그는 메이저리그 선수가 될 예정이다. 그렇게 될 것을 알렉스는 알고 있었다. 아빠가 뭐라고 말씀하신다 해도.

"야구선수가 될 꿈일랑 꾸지 말아라."

어느 날 저녁 라이어니 씨가 알렉스에게 타일렀다.

"네 미래는 교실에 있지 야구장에 있지 않아. 현실적으로 생각해, 알렉스. 넌 절대 뉴욕 양키즈 팀에서 뛸 수 없어."

알렉스는 양 손을 옆에 내려뜨린 채 그 자리에 서 있었다.

"생각해 봐라. 메이저리그에는 600명의 선수들이 있어. 그 선수들은 미국 전 지역에서 온 사람들이야. 그뿐인 줄 아니? 일본, 도미니카 공화국, 아르헨티나, 쿠바같이 전 세계에서 모여든단다."

캐스퍼 라이어니 씨는 잠시 숨을 고른 뒤 계속했다.

"주위를 보렴, 알렉스. 넌 우리 동네에서도 최고 선수는 아니잖니."

알렉스는 아랫입술을 핥으며, 멍하니 고개를 끄덕였다. 아빠가 이웃에 사는 저스틴 핑크니에 대해 생각한다는 걸 알고 있었다. 알렉스는 아빠 턱에 버터가 묻어 있는 것을 보았다. 버터 얼룩이 불빛에 반짝이며 희미하게 빛났다. 알렉스는 약간 불쾌하면서도 신기한 듯이 쳐다보았다.

알렉스는 숨을 들이쉬었다 내뱉었다. 공기가 콧속으로 들어와 배 속을 휘감고, 입술 사이로 빠져나간다. 그냥 숨을 쉬어. 아빠의 빛나는 턱, 빛나는 턱. 아빠 턱에 난 털만큼도 내가 가망이 없다니…….

"가능한 일을 하도록 해, 알렉스."

아빠가 말했다.

"미안하구나. 하지만 넌 운동선수 집안에 태어나지 않았어. 우린 학자나, 독서가, 사상가 뭐 그런 집안이야. 알렉스, 날 보렴. 키가 168센티미터에, 몸무게는 70킬로그램이지. 성공하기 위해서 열심히 공부해야 했단다. 야구가 아니라."

"전 키가 크다구요."

알렉스가 우긴다.

"지금은 그렇지. 나도 어렸을 땐 그랬어. 그러다가 더 이상 크지 않았지."

"아빤 몰라요."

알렉스가 퉁명스럽게 대꾸한다.

라이어니 씨가 날카롭게 아들을 쳐다본다.

"알렉스, 이해하겠니? 스포츠는 재미있어. 오후시간을 보내기엔 그만이지. 하지만 학교공부가 더 중요하단다."

알렉스는 고개를 끄덕였다.

그는 이해했다.

아, 물론 알렉스는 양키즈 선수가 될 것이다.

단지 아빠에게 아무 도움도 받지 못할 뿐이었다.

알렉스 이웃에 사는 강적, 저스틴 핑크니는 한가운데로 파고드는 빠른공에 방망이를 휘두른다. 예리하게 친 땅볼은 2루수 맥스 영의 바로 앞까지 나아간다. 가슴 위로 튀어 오르는 공. 거저먹는 셈이다. 맥스는 이리저리 움직이다가 공을 낚아채고, 1루수 알렉스에게 느긋하게 던진다.

레이드 감독이 외친다.

"잘했어, 맥스. 아주 좋아!"

한 번에 아웃되는군요. 이제 홈팀의 2번 타자 프랭크 오자니오 선수가 들어서고 있습니다.

브랜든은 오자니오가 지나치게 열중한 나머지 다소 조심스
러워한다는 걸 알아차린다. 그래서 손가락 두 개를 편다. 딜런
이 고개를 끄덕이고, 몸쪽 높은 볼을 띄운다. 커브가 전혀 휘지
않고, 빙빙 돌기만 한다. 끔찍한 공. 브랜든이 얼굴을 찡그리
며, 신중하게 다음 공을 고른다. 다른 커브를 던지라는 신호.
딜런은 이기기 위해 효과적인 투구를 익힐 필요가 있다. 딜런
은 닉 클레멘테가 아니다. 하루 종일 직구를 던질 수도 없다.
아니, 딜런은 직구와 커브를 적절히 섞고, 속도를 변화시키고,
정확한 지점에 던져야 하는 투수다.

"지금이 가장 좋은 기회야."

브랜든은 아빠가 가장 좋아하는 구절을 되풀이하며 혼자 중
얼거린다.

사람들이 일제히 떠들기 시작한다.

"그냥 스트라이크를 던져!"

누군가 외친다.

"마무리해라."

딜런의 아빠가 충고한다.

"어깨를 낮춰, 딜런."

"던지고 잡아!"

관중석에서 소리가 들린다.

"던지고 잡아."

"힘내, 딜런. 힘내, 날쌘돌이."

한 동료가 간절하게 말한다.

왼손잡이 투수는 사람들이 죽 늘어놓는 잡다한 의견들을 무시한다. 만약 옆에서 떠드는 점쟁이들의 말을 다 듣는다면 2회가 되면 돌아 버리고 말 것이다. 스트라이크를 던져, 이거 해, 저거 하지 마. 모두들 말하기는 쉽지. 실제로 하는 건 그리 쉽지 않다. 딜런은 뒤로 돌아 오른쪽 무릎을 가슴 높이로 들어 올리며 멋진 커브를 던진다. 공은 플레이트 바깥쪽으로 향하더니 몸쪽 아래로 갑자기 꺾인다. 오자니오는 꼼짝도 못하고 균형을 잃는다. 불행히도 그 변화구는 너무 잘 들어갔다. 거기에 속은 심판이 볼을 선언한다. 투 볼.

포 볼로 걸어 나가게 할 수 없어. 직구를 던질 시간이다.

힘이 좋고 튼튼한 오자니오가 타격 자세를 취하고 있다. 그가 방망이를 힘껏 휘둘러 3루 라인 쪽으로 땅볼을 친다. 이제 타자가 아닌 주자이자 저돌적인 선수, 오자니오는 2루타라고 여기며 1루를 넓게 돌아 2루로 향한다. 에이먼 스위니가 도마뱀 같은 걸음으로 서둘러 공쪽으로 달려간다. 그리고 공과 2루 사이에 릴레이 경주하는 사람처럼 서 있는 유격수 카터 해리스에게 재빨리 공을 던진다. 에이먼이 시즌 내내 배웠던 대로 말이다.

"카터에게 공을 던져."

카터가 높이 뜬 공을 잡고, 감히 2루로 들어오려는 오자니오에게 팔을 치켜든다. 그런 행동은 주자를 단념시키려는 것 같다. 오자니오는 되돌아가 1루 코치석에 있는 동료 마티 카르비노프스키와 요란하게 하이파이브를 한다.

노스이스트 벤치에서 환호와 함성이 터져 나온다.

"잘한다, 잘한다, 정말 정말 잘한다!"

저런, 반 잰트 선수의 무안타 경기가 막을 내리는군요. 이제 세 번째 타자는 에인절 태티스입니다.

에인절에게 던진 초구는 낮은 바깥쪽 공이었다. 그러나 딜런이 잘못 던진 공이 포수 브랜든의 글러브를 빠져나간다. 브랜든은 한 번에 마스크를 벗어 던지고 급히 뛰어간다. 그물망에 쏠려 있는 공을 브랜든이 맨손으로 잡자 사람들이 외친다.

"주자가 뛴다!"

"던져!"

브랜든은 2루를 향해 굉장한 속도로 공을 날린다.

타는 듯한 통증이 전기가 통하는 것처럼 팔을 쑤시더니, 어깨에서 손가락까지 번진다. 라인을 벗어난 공이 중견수 쪽으로 튀어 오른다. 스쿠터 웰스가 돌진해서 공을 잡지만, 이미 오자니오가 도착한 뒤다.

방송실에서 샘 라이저는 뭔가 잘못됐다는 것을 눈치 챈다. 그게 무엇인지도 안다. 왜냐하면 그 일이 일어났을 때 그곳에 있었기 때문이다. 브랜든은 며칠 전 마이크, 샘 그리고 몇 명의 아이들과 함께 스위니의 트램펄린에서 바보 같은 묘기를 부리다가 팔을 다쳤다. 샘은 아이들이 '킬 더 캐리어'로 장난치는 모습을 보고 있었는데, 그건 서로를 때려눕히는 다소 난폭한 놀이였다. 불행하게도 브랜든이 자기 팔을 잡고 충돌하다가 부상당했던 거다.

"아빠한테 말하지 않겠다고 약속해 줄래?"

브랜든이 부탁했다.

친구들은 한 명씩 브랜든의 부탁을 들어주었다. 만약 브랜든의 아빠가 그 부상을 안다면 절대 챔피언 결정전에 내보내지 않을 것이다. 그래서 브랜든의 비밀은 안전하게 지켜지는 듯했다. 마이크 차례가 될 때까지는.

"난 약속 못해."

마이크가 말했다.

"브랜든, 의사에게 진찰받아야 해. 심각할지도 몰라."

브랜든이 어처구니없다는 듯 웃었다.

마이크는 도와달라는 듯 샘을 바라보았다. 샘은 중간에 끼어들고 싶지 않아서 눈길을 돌렸다. 마이크는 한 발짝도 물러서지 않았다.

"의사가 봐야 해."

브랜든은 마이크를 가만히 노려보다가 샘을 보았다.

"알았어."

브랜든이 누그러졌다.

"실은 엄마가 성 메리병원에서 간호사로 일하셔. 엄마에게 여쭤볼게. 그럼 된 거지?"

브랜든의 엄마도 마지못해 비밀을 지키겠다는 약속을 하고, 아들의 팔을 꼼꼼하게 봐 주었다. 엄마는 브랜든이 조심한다면 경기에 참가할 만하다고 말해 주었다.

끔찍한 고통을 느끼며, 브랜든은 빨갛고 보랏빛으로 얼룩얼룩한 점들을 보고 있다. 그는 고개를 저으며 불안하게 주위를 둘러본 뒤, 마스크를 주워 얼굴에 뒤집어쓴다. 브랜든은 어깨를 문지르거나 불편한 기미를 보이지 않는다. 그 대신, 곁눈질로 아빠의 반응을 살핀다. 마침 관중석을 올려다보다가 엄마와 눈이 마주친다. 엄마가 자기 어깨에 손을 댄다. 브랜든이 그 물음에 답하듯 고개를 끄덕인다. 웬일인지 기분이 더 나아지는 것 같다. 브랜든은 혼자가 아니다.

브랜든은 공을 던진 손에 입김을 불어 바지에 닦는다. "공이 미끄러졌어."라고 중얼거리며 플레이트 뒤에 웅크리고 앉는다. 브랜든은 손을 내려 자신을 진정시킨다. 갑자기 머릿속에 무시무시한 장면이 떠오른다. 인형의 팔처럼 완전히 떨어져 나가기라도 한 것처럼 그의 오른쪽 팔이 땅에 놓여 있는 장면이다. 몇 초가 지나서야 비로소 괜찮아진다. 브랜든은 타자 에인절 태티스 쪽으로 생각을 돌린다.

에인절은 훌륭한 야구선수이자 굉장한 드러머이기도 하다. 그는 브랜든과 함께 중학교 밴드부에서 연주한다. 그게 바로 다른 초등학교 출신인 그와 브랜든이 처음으로 서로 알게 된 계기이다. 또한 브랜든이 에인절 태티스에 대해 약간의 정보를 알게 된 곳이기도 하다.

"포 볼로 나가는 건 정말 싫어."

그해 겨울 에인절이 브랜든에게 털어놓았다.

"말 그대로 정말 싫어."

에인절은 진짜로 싫어한다는 점을 특히 강조했다.

"내가 타석에 서는 건 방망이를 휘두르기 위해서야."

그리고 여느 훌륭한 포수가 그렇듯이, 브랜든은 회색빛 금속 캐비닛 안에 알파벳 순으로 정리한 색인카드처럼 그 정보를 마음 깊이 담아 두었다. 자, 오늘은 챔피언 결정전이 있는 날이었다. 지금이 가장 좋은 기회야. 브랜든은 마음을 정한다.

"타임."

브랜든이 구심*에게 타임을 요청하고, 마운드로 느릿느릿 걸어간다.

"무슨 일이야?"

딜런이 경기가 중단된 것에 불쾌해하며 묻는다.

"나 저 선수 알고 있거든."

브랜든이 턱짓으로 타석을 가리킨다.

"굉장한 타자지만 덮어놓고 휘두르지. 녀석에게 스트라이크는 던지지 마. 아마 낚일 거야. 날 믿어."

볼카운트는 투 스트라이크 원 볼. 에인절이 스트라이크 존 바깥쪽으로 들어오는 공 두 개에 연거푸 방망이를 돌렸기 때문이다. 브랜든이 변화구를 던지라는 사인을 보낸다. 공이 플레이트 앞에서 튀어 오른다. 브랜든은 하키 골키퍼처럼 아래로 다리를 벌려 막는다. 공은 몇 발자국 떨어진 곳에 또르르 떨어지지만, 오자니오는 3루 쪽으로 있는 힘껏 내달린다. 공을 재

★ home plate umpire. 시합의 진행을 전체적으로 담당하는 심판.

빨리 잡은 브랜든은 자기가 오자니오를 확실하게 잡을 수 있다는 것을 알았다. 그러나 브랜든은 망설인다. 팔을 들어 올리다가 공을 쥔 채로 오자니오가 안전하게 슬라이딩하는 모습을 바라본다.

"공을 던져, 브랜든!"

레이드 감독이 외친다.

"얘야, 네가 경기를 잘 이끌어야지!"

브랜든은 아빠를 쳐다보고, 고개를 한 번 끄덕인다. 그는 딜런에게 공을 밑으로 휙 던진다. 브랜든이 왜 공을 던지지 않았지? 통증이 일어날 거라는 생각에 걱정됐나? 아니, 브랜든은 그렇게 생각하지 않았다. 공을 던져 3루에 주자를 아웃시키기 위해서라면 기꺼이 드라이버로 귀를 뚫으라고 해도 그렇게 했을 것이다. 그를 괴롭히는 건 통증이 아니었다. 게다가 그는 엄마를 믿는다. 상처 입은 근육은 일주일이나 열흘이 지나면 더 좋아질 거라고 엄마가 말했던 것이다. 문제는 좌익수 쪽으로 공을 던지는 게 두려웠던 거다. 실수하거나 공이 벗어날 수도 있다. 그건 너무나 위험한 일이었다. 브랜든은 더 이상 자신을 믿을 수 없었고, 공이 어디로 튈지도 알 수 없었다. 던질 수 없는 포수가 무슨 소용이야?

"1루를 지켜."

레이드 감독이 내야에 대고 고함을 지른다.

전선 위의 새처럼 높은 곳에 위치한 방송실에서 샘은 그 상황을 알아차린다. 레이드 감독은 득점을 내주고 타자를 아웃시키려 할 것이다. 내야로 땅볼을 치면 3루의 주자가 들어와 득점할 것이다. 좋아, 괜찮아. 샘이 그 작전을 두고 이러쿵저러쿵 말할 수는 없다. 겨우 1회다. 하지만 샘의 직감은 그것이 실수라고 말한다. 얼 그러브 팀은 닉 클레멘테를 상대하고 있고, 오늘 그의 제구력은 대단한 것 같다. 샘의 온 신경은 노스이스트가 먼저 득점하게 하면 안 된다고 부르짖고 있다.

브랜든은 플레이트 뒤에 자리를 잡고 앉는다. 볼카운트는 투스트라이크 투 볼. 브랜든은 보통 때와 달리 글러브를 높이 들어 열었다 닫았다 한다. 높이 던지라는 신호.

"자, 시작해 보자, 에인절."

브랜든이 속으로 중얼거린다.

"난 네가 높은 공을 그냥 내버려 두지 않는다는 걸 알지."

그는 스트라이크 아웃이 되기를 바라고 있다. 딜런이 고개를 끄덕인다. 포수를 완전히 믿는다는 거다. 딜런은 글러브 안에 든 공을 만지며, 실밥을 가로질러 단단히 손에 잡는다. 몸을 뒤로 젖히고, 에인절에게 높은 공을 던진다. 스트라이크 아웃! 좋았어!

투아웃에 주자는 3루。 다음은 4번 타자 닉 클레멘테입니다。

샘 라이저는 몸을 뒤로 기대고 그 순간을 감상한다. 그는 지금 완전히 경기에 열중했다. 혼란스러운 생활이나 다른 모든 것들이 벗겨진 피부처럼 떨어져 나간다. 머리카락이나 숙제, 의사에 관한 걱정은 하지 않는다. 내일에 대해서도 걱정하지 않는다. 지금 이 순간, 이 경기만이 제일 긴박한 일이다.

샘은 닉 클레멘테가 플레이트에 다가서는 것을 지켜보고 머리를 흔들며 웃는다. 어딜 가든 리틀리그에는 다른 아이들보다 세 살이나 더 나이 들어 보이는 애들이 있기 마련이다. 아이들 사이에 낀 거인. 키가 더 크고, 덩치가 더 우람하고, 힘도 더 센 거인. 클레멘테의 몸무게는 2루수보다 두 배 정도 더 나간다. 가까이에서 쳐다보면 윗입술 바로 위에 쥐색의 콧수염이 듬성듬성 나 있는 걸 볼 수 있다. 이 녀석은 면도도 한다. 닉 클레멘테는 타석에 서서, 금속방망이를 막대기처럼 거만하게 휘두른다.

그는 첫 번째 공을 그냥 보내 스트라이크가 된다. 스트라이크가 아니라고 생각한 클레멘테가 심판에게 불만을 털어놓는다.

"심판 아저씨, 지금 장난하시는 거죠."

클레멘테가 작게 툴툴거린다.

"공이 발목 쪽에 떨어졌다고요."

딜런은 다시 같은 공을 던지려 하지만 이번에는 스트라이크 존에서 위쪽이다. 손가락 끝에서 공이 떠나는 순간, 딜런은 실수했다는 걸 깨달았다. 클레멘테가 깜짝 놀랄 만한 장타를 날린다.

딜런은 본능적으로 생각한다. 홈런이다.

홈런인지 아닌지는 중견수 스쿠터 웰스가 더 잘 안다. 그는 본능적으로 공이 경기장 안에 떨어질 거라는 걸 알아차린다. 가장 중요한 건 스쿠터가 공을 잡게 생겼다는 거다. 아무튼 그가 본능적으로 계산한 결과는 그랬다. 야구와 관련된 수학은 힘과 궤도, 거리, 바람의 유형을 생각한 계산이다. 방망이에서 떠난 공을 읽을 줄 안다는 건 재능이다. 스쿠터가 맡은 포지션인 중견수는 애디론댁 산꼭대기에 있는 산불 감시탑이고, 모든 것을 꿰뚫어 보는 관측소이자 경기가 펼쳐지는 것을 볼 수 있는 이상적인 위치이다.

보통은 아무 일도 일어나지 않는다. 외야수는 편해서 긴장이 풀어질 수 있다. 글러브를 벗어 땀이 배인 손바닥을 말리고, 주위를 둘러보고, 스케이트보드 타는 비결을 머릿속에서 연습하기도 한다. 그러다가 경기에 다시 집중한다. 가끔 경기를 놓칠까 봐 걱정하기도 한다. 스쿠터는 공상에 빠져 멍해 있다가 고함소리에 화들짝 깬다.

"스쿠터! 공이 간다! 뛰어!"

하지만 그런 일은 절대 일어나지 않았다. 훌륭한 외야수는 생체시계가 발달되어, 투수가 던지는 공의 속도와 경기의 흐름을 잘 알고 있다. 스쿠터 웰스는 절대 공을 놓치지 않았다. 방망이가 딱 하는 소리에, 스쿠터는 말을 타고 이랴 하듯 내달렸다.

스쿠터는 클레멘테가 공 밑을 때리는 모습을 보았다. 야구 표현을 빌리자면("야구란 1인치의 게임이다."라고 아나운서들이 항상 하는 말이 있다), 클레멘테는 1인치도 안 될 정도로 아주 아주 조금 빗맞았다. 말하자면 머리카락 한 올 정도? 하지만 ESPN 방송 해설가가 "야구란 머리카락의 게임이다."라고 외치는 소리는 절대 들을 수 없을 것이다. 너무 촌스러우니까.

이제 이 보잘것없는 공이 거칠게 얻어맞고는 우익수 공간을 향해 아치 모양으로 높이 뻗어 간다. 반쪽짜리 물리학자이자, 반쪽짜리 사냥개인 스쿠터 웰스가 펜스 쪽으로 뛰어간다.

"내 거야! 내 거야!"

주위에 아무도 없기 때문에 스쿠터의 외침은 사실 무의미하다. 전속력으로 달리자 스쿠터의 모자가 날아가 버린다. 그가 팔을 뻗쳐 클레멘테가 때린 폭탄 같은 공을 글러브로 잡는다.

1회 경기 끝.

무득점, 무실책, 안타 하나, 도루 둘, 훌륭한 포구★ 하나, 관중석에서 심장발작이 여섯. 앞으로 5회 남았다.

★ 야수가 타구 또는 송구를 손 또는 글러브로 받아서 움켜쥐는 행위.

2회초

	1	2	3	4	5	6	득점	안타	실책
얼 그러브	O	−					O	O	O
노스이스트	O						O	1	O

타순 4 카터 해리스 5 에이먼 스위니 6 스쿠터 웰스

"스쿠터, 잘했어!"

선수들이 더그아웃으로 들어오자 반 잰트 코치가 매우 기뻐하며 맞이한다. 팀의 기록원이자 통계학자로서 자주 봉사하는 알렉스의 아빠 라이어니 씨의 어깨너머로, 반 잰트 코치가 득점기록부를 읽으며 외친다.

"해리스, 진짜 스위니, 스쿠터 웰스가 올라갈 차례야. 맥스 영, 넌 자리가 나면 들어간다."

반 잰트 코치는 선수들에게 정렬하라고 말한 후에 항상 하는 말을 한다.

"1점 따자!"

카터 해리스는 헬멧을 쓰고, 방망이를 쥐고, 빨간 불에 정지한 자동차처럼 대기타석에서 기다린다. 카터는 훌륭한 유격수이자 괜찮은 투수이다. 얼 그러브 팀에서 최고의 전천후 야구 선수이다. 가늘고 긴 금발머리는 빗질이라곤 한 번도 해 본 적이 없는 것처럼 마구 헝클어져 있다. 카터는 관중석에 앉아 있는 엄마를 쳐다본다. 엄마 표정이 심상치 않다. 손톱을 물어뜯는 걸로 봐서 말이다. 잠깐 동안 뭔가 잘못된 건 아닐까 생각한다. 아니면 아무 일도 없든지. 한 순간, 카터는 알고 싶어 하지 않는다. 이미 알고 있기 때문이다. 뭔가 잘못되었다.

이런 낯익은 불안감과 곧 다가올 걱정거리는 오랫동안 카터를 괴롭혔다. 그의 친구들조차 알지 못할 것이다. 카터가 조심스럽게 남모를 비밀을 숨기고 있었기 때문이다.

카터가 열심히 기억하려고 해도, 아빠가 죽은 날을 기억할 수 없다. 수도 없이 그 이야기를 들었기 때문에 자세한 내용은 알고 있다. 카터가 아직 18개월도 안 되었을 때 경찰관인 패트릭 해리스는 일하러 갔다가 다시는 돌아오지 않았다. 그는 하루 일과로 올버니 시내에서 교통 차단하는 일을 하던 중에 총에 맞았다. 가슴에 세 발의 총알을 맞고 그 자리에서 숨을 거두었다. 그렇게 돌아가셨다.

그 일을 받아들일 수 있다 하더라도, 마지막으로 아빠를 본게 언제였는지 기억이 나지 않았다. 아빠에게 작별의 키스를 했었나? 아빠를 안아 주면서? 방충문이 찰칵 닫히고, 경찰복을 입은 아빠가 영원히 떠나 버렸을 때를 내가 기억하고 있나? 카터는 이런 질문에 대답할 수 없었다. 그저 공허하고 모자란 느낌이다. 그런데도 몇 번이고 그런 질문들을 되물었다. 이 빠진 구멍을 더듬고, 상처 난 잇몸을 탐색하고, 밀어 보고, 텅 빈 공간에 닿으려고 혀를 내미는 것처럼.

2회초 첫 번째 타자는 유격수 카터 해리스입니다.

타격감이 좋지 않았다. 그걸 설명할 길이 없다. 몇몇 선수들이 말하는 것처럼 포기다. 좋지 못한 공에 방망이를 휘두르고 좋은 공은 보내고, 정신이 맑아지기도 전에 아웃된다. 남의 눈을 피해 벤치 뒤로 들어와 헬멧을 바닥에 집어 던지던 카터의 심정이 꼭 그랬다. 공 세 개에 아웃 당했는데, 세 번째 공은 플레이트 한복판으로 들어오는 거저먹는 공이었다. 어쩐 일인지, 카터는 몸이 굳어서 스윙을 하지 못했다. 삼진. 벤치에나 앉아 있어.

야구란 그런 것이다. 그런 일이 일어날 수도 있다.

기분이 안 좋은 카터에게 먹구름이 드리워져 한바탕 비가 쏟아질 것 같았다. 벤치에 홀로 앉아 카터는 생각한다. 떨쳐 버려야 해. 하지만 그게 딱히 무엇인지는 설명할 수 없었다.

매서운 기세로 시합을 시작한 닉 클레멘테 선수가 네 명의 타자를 전부 삼진으로 잡는군요. 다음 타자는, 음… 어느 쪽 스위니죠? 아, 에이먼 스위니군요. 좌익수이자 5번 타자. 어머니만이 이 쌍둥이들을 구별할 수 있겠어요.

에이먼이 플레이트를 향해 지나가는 순간, 늦게 도착한 부모님이 관중석으로 비집고 들어서는 모습이 마이크 눈에 띈다. 누나는 보이지 않는다. 아마 오지 않을 것이다. 누나는 마이크가 하는 게임에는 오지 않는다. 나중에 스타라도 된 양 집으로 와서, 완벽하게 멋들어진 이유를 댈 것이다. 정말로 가고 싶었는데 어쩔 수 없었어, 어쩌고저쩌고. 마이크는 상관없다고 중얼거리며, 보호막을 뒤집어 쓴 것처럼 무관심하게 행동한다. 상관없어. 이런 생각이 마이크를 편하게 해 준다. 그렇게 말하기라도 하면 그 말은 사실이 될 수 있고, 사실로 되어 가는 중에 그런대로 믿게 될 것이기 때문이다.

레이드 감독이 연이은 삼진 행진을 끊어 버리고 현 상황을 뒤흔들어 놓기 위해 번트 지시를 내린다. 에이먼이 그 신호를 보고 실망하며 셔츠를 세게 잡아당긴다. 타석에 들어선 에이먼은 방망이 끝으로 홈 플레이트를 탁탁 두드린다.

직구가 빠르게 들어온다. 에이먼이 너무 세게, 너무 똑바로 번트를 대고 만다. 클레멘테가 마운드에서 뛰어와 공을 잡고 1루로 던진다. 힘껏 달리던 에이먼은 6미터 지점에서 아웃된다.

샘 라이저는 득점기록부에 경기를 기록한다. "스리 스트라이크 원 볼, 투수가 1루로 송구." 샘의 아빠는 기록하는 일을 '잃어버린 예술'이라고 부르며, '요즘 아이들'은 정확하게 점수 매기는 법을 모른다며 한숨을 쉰다. 그러면서 라이저 집안은 그렇지 않을 거라고 확신했다. 샘이 메이저리그 경기를 볼 때면, 항상 무릎에는 득점기록부를 얹고 손에는 짜리몽땅한 연필을 들었다.

비록 에이먼의 번트가 성공하지는 못했지만, 샘은 그런 작전을 좋아했다. 적어도 노스이스트 팀을 공격했으니까. 지금 에이먼이 얼 그로브 선수들을 힘겹게 만들었다는 건 분명해졌다. 샘은 자기 목소리에 감정이 드러나지 않기를 바란다. 전문 아나운서라면 공정하게 방송할 수 있겠지만 샘은 그렇지 못하다. 그래도 공정하게 진행하기를 바란다. 그게 자기가 해야 할 일이다. 샘은 마이크 앞에 고개를 숙이고 여느 때와 같이 알린다.

다음은 중견수 스쿠터 웰스입니다.

"야, 스쿠터."

맥스 영이 다급한 소리로 부른다.

"나도 좀 올라가 보자, 응?"

투아웃 상황에서 대기타석에 선 괜찮은 타자들이라면 하나같이 갖는 생각이다. 나도 좀 올라가 보자. 살아서 나가 줘. 힘내, 나한테도 기회를 줘. 내가 칠 수 있어.

스쿠터가 초구 세 개를 치지 않아 볼카운트는 원 스트라이크 투 볼이 된다. 네 번째는 바깥쪽 공으로 스리 볼이 된다. 포수 트래비스 그린이 잠시 과장되게 볼을 잡고 있다. 바로 여기였다고요. 심판에게 소리 없이 불만을 표현하는 방법이다. 그러고 나서 투수에게 재빨리 던진다.

클레멘테가 불만스럽게 씩씩거린다.

"절 괴롭히시네요, 심판 아저씨."

그가 구심에게 불평한다.

스쿠터가 타석에서 물러선다. 타자에게 유리한 카운트다. 원 스트라이크 스리 볼. 직구가 올 거야. 스쿠터는 다음 공에 우익수 라인 쪽으로 안타성 타구를 치지만 약 25센티미터 차로 파울이 된다.

"스쿠터, 똑바로 해."

레이드 감독이 외친다.

스쿠터는 마지막 공에 방망이를 맞히지만, 빠른공 뒤쪽을 살짝 건드린다. 1루 쪽으로 날카롭게 땅볼을 치자, 혼자 1루를 지키고 있던 스티븐 스미스가 그 공을 잡는다.

더그아웃에서 맥스 영이 한숨을 쉬며 헬멧을 벗고, 사용하지 않는 가로대에 방망이를 집어넣는다. 그러고는 글러브를 쥐고 2루로 향한다.

2회말

	1	2	3	4	5	6	득점	안타	실책
얼 그러브	○	○					○	○	○
노스이스트	○	−					○	1	○

타순 5 스티븐 스미스 6 오언 핀켈 7 트래비스 그린

 벤치에서 스위니, 윙, 와인버그 이 세 명의 후보 선수들은 비디오 게임, 페인트볼 배틀,★ 재밌는 별명, 산악용 오토바이 그리고 제시카 심슨에 대해 떠들고 있다. 콜린 스위니가 경기장을 눈여겨본다. 선수들을 헤아리다가 상대팀 더그아웃 안을 들여다본다.

 "메드닉은 어디 갔지? 메드닉이 안 보여."

 스위니는 1루 코치석에 서 있는 상대팀 선수에게 소리친다.

 "카르비노프스키! 메드닉은 어디 있지?"

 마티 카르비노프스키는 1루 코치석에 서서 손가락으로 귀를

★ 명중하면 총알이 터지면서 그 속의 페인트가 묻는 서바이벌 게임.

파고 있다. 그가 무관심하게 어깨를 으쓱한다. 몰라.

"카르비노프스키, 뭘 파고 있어? 금을 캐고 있는 거야?"

스위니가 크게 말한다.

윙과 와인버그가 키득거린다. 아이들은 콜린이 재미있는 말을 하면 언제나 좋아한다. 콜린은 안타를 치지 못해도 팀에는 아주 쓸모 있는 녀석이다. 팀의 분위기를 가볍게 해 주기 때문이다.

카르비노프스키는 두꺼운 집게손가락을 두개골에 반쯤 끼워 넣듯이, 계속해서 오른쪽 귀를 파헤친다. 마침내 손가락을 빼내, 끝에 묻은 포획물을 은밀하게 쳐다본다.

"카르비노프스키를 잘 봐."

콜린이 즐거워하는 윙과 와인버그 패거리에게 속닥거린다.

"카르비노프스키가 귀지를 먹으려고 할 거야. 난 알지. 저 녀석은 귀지를 먹는 웃기는 놈이거든."

세 명의 아이들은 장난꾸러기 올빼미처럼, 마티 카르비노프스키가 구부러진 집게손가락을 얼굴 가까이에 대고 이리저리 살펴보는 모습을 뚫어져라 쳐다본다.

"먹어."

콜린이 작게 중얼거린다.

"먹어, 먹어. 그래, 카르비노프스키. 이 덩치만 큰 멍청아. 그

손가락을 핥아 먹어!"

콜린은 웡과 와인버그만 들리도록 아주 작은 목소리로 말했다. 이들은 지역 리틀리그 규정에 따라 2회 말까지 게임에 참가하지 않는다.

카르비노프스키가 손가락 끝에 놓여 있는 귀지를 빤히 쳐다보더니, 정말로 혀끝에 가까이 가져간다. 그러다 무슨 낌새를 느꼈는지 조심스럽게 경기장, 관중석, 상대팀 더그아웃을 훑어본다. 그리고 거기서 세 쌍의 올빼미 같은 눈이 자기를 빤히 쳐다보는 것을 눈치 챈다. 카르비노프스키의 얼굴이 다소 창백해지더니 야구 바지에 손가락을 슥 닦아 버린다.

"으웩!"

콜린이 우스꽝스럽게 소리 지른다.

다음 순간 그는 벌떡 일어나 레이드 감독의 어깨를 두드린다.

"메드닉이 없어요."

콜린이 말한다.

레이드 감독은 눈을 껌벅거리며, 라이어니 씨와 함께 득점기록부를 확인한다.

"아파서 밖에 있거나 다른 일이 있겠지."

콜린은 레이드 감독의 반응에 실망한다. 사람들은 재스퍼 메드닉이 아주 형편없는 선수라는 걸 안다. 어쩌면 야구 역사상 가장 형편없는 선수일지도 모른다. 녀석은 치지도 못하고, 잡지도 못하고, 마치 벽돌 가방을 끌듯이 달린다. 메드닉은 그냥 느린 게 아니라 빙하가 녹는 것처럼 엄청 느렸다. 지구 온난화가 늦춰질 정도다. 오히려 만년설이 더 빨리 녹을 거다. 매드닉이 한 게임당 실책 두 개에 삼진 두 서너 개 정도를 기록한다는 건 보증된 사실이었다. 그러니 메드닉이 챔피언 결정전에 참석할 수 없다는 건 불행한 일이다. 의심스러운 건 말할 것도 없고.

"아마 클레멘테가 경기장을 잘못 알려 줬을 거예요."

콜린이 의견을 말해 본다.

"콜린, 앉아."

반 잰트 코치가 당황한 목소리로 말한다.

"누가 여기에 있고 없는지에 대해 신경 쓰지 마. 경기에 집중해."

레이드 감독과 반 잰트 코치가 서로 쳐다본다.

"아시겠지만, 클레멘테라면 그렇게 하고도 남을 거예요."

제프 레이드 감독이 코치에게 말한다.

감독과 코치가 키득거리며 웃다가 콜린이 꼼짝도 하지 않고 서 있는 걸 알아차린다.

"메드닉이 화장실에 갇혔는지 제가 확인해 볼 수 있을 거예요."

콜린이 제안한다.

"메드닉이 우익수 쪽에서 민들레 뽑고 있는 모습을 본다면 훨씬 더 좋겠지만요."

"벤치로 가, 콜린."

반 잰트 코치가 웃으며 말한다.

"앉아 있어."

콜린은 자기 자리로 돌아가 윙과 와인버그 사이에 앉는다.

"메드닉은 오지 않을 거야. 이건 정당하지 못해."

그가 투덜거린다.

"그 녀석은 게으름뱅이야."

윙이 결론짓듯 말한다.

"내 말이."

와인버그가 맞장구친다.

"메드닉은 짜증 나."

"녀석은 양말을 빨아 먹을 거야."

스위니가 웃으며 말한다. 그리곤 잠시 곰곰이 생각한다.

"토요일에…… 땀에 절은 양말을 빨아 먹을 거야."

"오늘이 토요일이야."

패트릭 윙이 지적한다.

"이런, 메드닉은 하루 종일 없을 거야. 만약 이번 경기를 이기고 싶다면, 우린 안타든 뭐든 쳐야 할지도 몰라."

콜린이 설명한다.

"만약이라고?"

패트릭이 묻는다.

"지금 말하고 있잖아. 만약 메드닉이 이곳에서 자기네 팀 경기를 엉망으로 만들어 버렸다면 더 나았을 거라는 얘기야."

스티븐 스미스 선수, 2회말 노스이스트의 첫 번째 타자입니다.

변화구에 방망이가 나간 스미스는 3루수 산체스 쪽으로 잡기 쉬운 땅볼을 치고, 1루에서 아웃된다. 딜런의 아빠가 수년간 되풀이해서 아들에게 말한 중요한 조언은 이렇다.

"선두타자를 잡아야 한다."

어쨌든, 임무 완료.

6번 타자는 오언 핀켈입니다.

핀켈도 덩치가 큰 녀석인데 왼쪽 타석에 선다. 대체로 노스이스트 팀은 덩치 큰 선수들이 많이 있는 것 같다.

"왼손잡이다!"

브랜든이 외친다. 그는 일어서서 오른 팔을 들고 우익수 쪽으로 신호한다. 중앙에 있는 스쿠터 웰스와 오른편의 마이크 타이리가 열 걸음 정도 움직인다. 그 사이에 알렉스 라이어니가 1루와 2루 사이의 빈 공간으로 이동한다. 핀켈처럼 덩치 큰 왼손잡이 강타자는 항상 1루수의 주목을 받게 된다. 수비수의 배치에 만족한 브랜든은 플레이트 뒤에 자리를 잡는다.

세 번째 공에 핀켈이 우익수 라인 쪽으로 느린 플라이 볼을 쳐 올린다. 마이크 타이리가 글러브를 연거푸 치며 공에 착 갖다 댄다. 높이 뜬 공. 투아웃.

샘 라이저는 혼자 미소 짓는다. 정말 유연해. 마이크의 부드럽고 우아한 동작에 감탄한다. 샘은 타순을 확인한 뒤 마이크에 대고 말한다.

다음은 포수 트래비스 그린입니다.

두 명을 빨리 아웃시켰는데도 불구하고, 딜런은 기쁘지 않다. 오늘따라 직구가 좋지 않은데, 아무래도 자신이 원하는 곳으로 들어가지 않을 것 같다. 딜런은 트래비스가 타석에 들어서는 모습을 보고, 도와줄 수 없는 처지지만 서로를 쳐다보며 몰래 씩 웃는다. 둘은 친구 사이로 중학교에서 수업 몇 개를 같이 들으며, 식당에서 점심을 함께 먹기도 한다. 어쩌면 그의 마음속에 떠오른 학교 점심시간이라는 이미지 때문에 딜런이 미트볼(얼뜨기 공)을 던진 것 같다. 트래비스가 교과서를 휘두른다. 앞다리는 고정시키고, 뒷다리는 굽히고, 허리는 젖히고, 머리는 숙인 채, 그런이 친 공이 펜스에 맞고 떨어진다. 스쿠터가 공을 주워 3루수 난도에게 던지며 2루타를 친 트래비스를 저지한다.

이제 노스이스트 더그아웃은 활기를 띤다. 주자가 득점권에 있어 더욱 흥분한다.

"아자, 아자, 아자!"

오자니오가 손뼉을 치며 외친다.

"트래비스, 넌 멋진 놈이야!"

딜런도 스스로를 어떻게 할 수 없다. 아빠를 힐끗 쳐다보고, 힘없이 어깨를 움츠린다. 딜런은 마운드에서 내려와, 손으로 공을 문지른다. 다음 타자를 확인한다. 조이 크로커. 훌륭한 타자는 아니지만 맹렬한 속도로 달리는 선수다. 딜런은 크로커가 그 빠른 발로 평범한 내야 땅볼을 안타로 만드는 것을 보았다. 내야 쪽으로 공을 치더니 간단히 경기를 앞질렀던 것이다. 딜런은 유격수 카터를 확인한다. 카터는 이미 서너 걸음 이동했다.

"문제없어."

카터가 딜런을 안심시킨다.

"투아웃이야, 딜런. 녀석을 잡을 수 있을 거야. 우린 강해."

이번 타자는 조이 크로커입니다.

크로커는 극도로 흥분한 에너지 덩어리이자, 날씬한 종아리에 강인하고 키가 크며 몸통이 길쭉한 녀석이다. 딜런은 몸쪽 빠른공을 던져 재빨리 투 스트라이크를 만들기로 결심한다. 크로커는 방망이를 짧게 잡고, 자세를 낮춘다. 스윙을 짧게 해서 공을 칠 생각인 거다. 그렇다면 헛스윙으로 삼진을 먹이지 못한다.

딜런은 옆으로 빠지는 낮은 변화구를 던지지만, 땅에 부딪쳐 튀고 만다. 브랜든이 잡을 수 없다. 공이 뒤편 그물망으로 구른다. 그린이 3루로 달린다. 이제 홈까지 18미터를 가면 득점에서 앞서게 된다.

다음은 느린 공. 볼카운트는 투 앤 투. 트래비스 그린이 3루와 홈 사이에서 왔다 갔다 한다. 홈으로 들어오고 싶어 몸이 근질근질한 거다. 브랜든이 3루수 난도에게 던지는 시늉을 한 번 한 뒤 투수에게 공을 던진다.

"던져, 딜런! 지금 당장!"

브랜든이 소리친다.

"공을 정해."

딜런은 하늘을 쳐다보며, 숨을 깊이 들이쉰다. 그리고 다시 내야로 눈길을 돌린다. 빈틈없이 몸을 숙이며 조금씩 앞으로 움직이는 카터가 보인다. 그건 투수를 신뢰한다는 표현이다.

"스트라이크 하나만 더 하자, 날쌘돌이 딜런!"

"가자, 12번."

"힘내, 딜런. 보내 버리자고."

이제 여기저기 흩어져 있던 많은 수비수들이 유격수 위치에 있다. 누구나 그곳에 설 수 있다. 공을 잡고, 잘 던질 수 있고, 평범하게 아웃시킨다. 하지만 진정한 유격수한테는 그 포지션을 가득 메운 선수들과 확실히 구분되는 행동이 있다. 예를 들어, 유격수가 오른 편으로 세게 튀어 오는 공을 오른 발을 디뎌 낚아챈 뒤, 1루로 길게 송구하는 백핸드 플레이라는 게 있다. 그런 플레이를 할 수 있는 선수들은 그리 많지 않다. 공이 외야 쪽으로 넘어가게 되면 유격수는 바닥에 떨어지기 전에 낚아채길 바라며, 플레이트에 등을 보이고 달려야 한다. 대담무쌍하게도 맹렬하게 돌진하는 외야수와 충돌할 위험을 무릅쓰고 말이다. 다음은, 유격수들이 '이판사판'이라고 부르는 것으로 네 발로 껑충껑충 뛰어다니는 인간 메뚜기 같은 플레이가 있다.

카터 해리스는 자신이 얼마나 특별한지를 막 보여 주려고 한다. 그렇지 않으면 다른 녀석이 가장 용서할 수 없는 위치에서 플레이를 하게 된다.

야구란 고독한 게임이다. 아홉 명의 뛰어난 부대들이 외딴 곳에 함께 있는 것 같지만, 결국엔 혼자이기 때문이다. 그 전에는 '팀'이었다가 그 후엔 각자 플레이한다. 선수들은 같은 유니폼을 입고, 서로를 지지하고, 기운을 북돋워 준다. 하지만 게임이 이기고 지는 결정적인 순간에는 아무도 자기 대신 공을 잡아 줄 수 없다. 하지만 일상생활에서는 가끔 도움을 주는 손길이 있다.

아빠 없이 자라면서 카터는 지미 외삼촌과 아무래도 가깝게 지내게 되었다. 지미 외삼촌은 카터의 아빠처럼 경찰관이었다. 대개 주말마다, 특히 봄과 여름이면 카터와 엄마는 차를 타고 마을 건너편에 사는 외삼촌을 방문하곤 했다. 음식을 가지고 가거나 가스 그릴을 꺼내고, 카드놀이를 하고, 텔레비전 경기를 시청하며 시간을 보내곤 했다. 카터는 그런 시간들이 즐겁고 좋았다. 지미 외삼촌은 가족이었다.

무엇보다도, 지미 외삼촌은 언제나 카터를 위해 약간의 선물을 준비했다. 보통은 야구 카드 한 벌이다. 게다가 항상 탑스★였다. 다른 상표를 보면 외삼촌은 얼굴을 찡그렸다. 매번 방문할 때마다, 외삼촌은 얼굴을 불쑥 내밀고 음모를 꾸미듯 카터를 툭 치며 말하곤 했다.

"카터야, 내가 최근에 구입한 물건이 뭔지 보러 가 줘야겠어."

그러면 카터는 작은 뒷방으로 외삼촌을 따라갔다. 대개 도시 근교에 위치한 주택에는 서재에 대형 TV가 있기 마련인데, 외삼촌의 방에는 '갤러리'라고 부르는 공간에 야구와 관련된 기념품을 소장하고 있었다. 지미 외삼촌은 수집에 관한 한 진짜배기 마니아였다. 수집은 외삼촌의 취미이자 열정이었다.

그 방에는 기념품마다 설명서가 붙어 있었다. 카터는 입이 딱 벌어져서 그 놀라운 광경을 바라보곤 했다. 그러면 엉클어지고 빛바랜 금발머리에 키가 크고 허리가 굵은 외삼촌이 최근에 구입한 물건을 자랑스럽게 뽐내곤 했다. 도미닉 디마지오가 사용한 진짜 글러브, 밥 펠러가 사인한 야구공, 잘 알려지지 않은 카디널 내야수가 입은 셔츠.

외삼촌은 카드도 수집했다. 외삼촌이 자랑하는 카드는 1957년 탑스 시리즈 중 테드 윌리엄스의 신제품이었다.

"이 녀석한테 엄청 돈을 썼지."

★ Topps. 스포츠 카드 상표 이름.

외삼촌이 카터에게 윙크하며 말했다.

"아주 많이 말이야."

외삼촌은 카드 상태를 판단하는 법과 카드 수집에 대해 모두 설명해 주었다.

"이론상으로 본다면 가장자리가 반듯반듯한 카드가 좋겠지. 흐릿하거나 약하지도 않은 거 말이야. 색깔은 밝고 선명하고, 그림이 중앙에 딱 와야 하지. 너도 흠집이나 얼룩이 묻고, 접혀진 카드는 바라지 않겠지?"

외삼촌이 잠시 멈추었다가 계속했다.

"하지만 그런 건 중요하지 않아. 가끔 난 낡고 오래된 카드를 아주 좋아하지. 줄곧 사랑받아 온 카드 말이야. 무슨 말인지 알지, 카터? 쳐다보고, 읽고 또 읽으면서 만져지고 젖혀지고 구겨진 카드 말야. 곰팡내 나는 상자에 처박아 두고 한 번도 만지지 않은 카드가 아니라. 그런 오래된 카드는 이베이에서 큰 값어치가 되지는 않겠지. 하지만 카터, 네가 좋아한다면 돈보다 더한 가치가 있을지도 모르잖아. 무슨 말인지 알지?"

카터가 최신 보물을 지긋이 쳐다본 후에야, 외삼촌은 새로 나온 야구 카드 팩을 주었다.

"자, 어서 열어 봐."

외삼촌은 여러 해가 지났는데도 여전히 조바심을 내고, 여전히 소년 같은 말투로 재촉했다.

"어느 선수를 가질 거니?"

결혼도 하지 않고 자식도 없는 외삼촌은 남아돌 만큼 사랑이 넘쳤다. 그래서 머리에 게토레이 음료수를 퍼붓듯 자신의 조카에게 사랑을 흠뻑 쏟았다. 지미 갤러거는 자신이 카터의 아빠가 떠난 빈자리를 채워 줄 수 없다는 걸 알고 있었다. 하지만 가끔 둘이서 산책하며, 카터가 한 번도 느껴 보지 못한 아버지로서의 역할을 하려고 애썼다. 그러면 카터는 외삼촌이 하는 대로 잘 따랐으며 기쁘게 생각했다.

두 사람은 한 팀이었다.

샘 라이저는 방송실에서 경기가 전개되는 모습을 지켜보고 있다. 샘은 갑작스럽게 전개되는 움직임에 온통 정신을 빼앗긴다. 크로커가 방망이를 휘둘러 공 끝을 치고 땅볼이 된다. 공이 마운드 오른편으로 툭 떨어져 떼구르르 구른다. 3루에 있던 주자 그린이 본능적으로 홈을 향해 돌진한다. 크로커는 방망이를 내던지고 총알처럼 타석에서 뛰어 나간다. 딜런 반 잰트가 공에 달려들지만 손이 닿지 않는다.

카터 해리스가 돌진하며, 잔디 위를 재빠르게 달린다. 카터는 머뭇거릴 시간이 없다는 걸 안다. 곁눈질로 그린이 홈으로 달려드는 걸 본다. 거긴 관심 없다. 이제 카터는 갈피를 잡을 수 없는 상태에서, 공을 향해 돌진한다. 그건 카터가 아는 온 세상이자 튀어 오르는 새하얀 지구이다. 관중석에서 터져 나오는 외침과 고함소리에 귀가 멍멍하다. 공이 알맞게 바운드★될 때 까지 기다릴 수 없다. 절호의 기회, 이판사판이다. 생각할 겨를도 없이 카터는 몸을 낮추고 짧게 깡충 뛰어 맨 손으로 공을 잡은 뒤, 한두 걸음 내딛어 오른발을 밀어내고, 있는 힘껏 던진다. 공을 던지자마자 카터는 바닥에 뒹군다.

크로커가 전력을 다해 베이스를 향해 달린다. 1루수 알렉스 라이어니가 공을 잡기 위해 팔을 길게 뻗는다. 크로커가 앞쪽으로 기울이고…… 공이 글러브에 닿자마자 크로커의 발이 베이스를 밟는다…… 심판이 오른쪽 주먹을 들어올려, 엄지손가락을 편다.

"아웃!"

★ bounce. 공이 지면에 부딪혀 튀어 오르는 일.

3회초

	1	2	3	4	5	6	득점	안타	실책
얼 그러브	O	O	–				O	O	O
노스이스트	O	O					O	2	O

타순 7 타일러 와인버그 8 패트릭 웡 9 알렉스 라이어니

모든 선수들이 카터의 등을 두드린다.

"얘가 도대체 누구야?!"

콜린 스위니가 동료를 축하해 주기 위해 더그아웃에서 뛰쳐나오며 함성을 지른다. 라이어니 씨도 흥분해서 연필로 득점기록부를 타다닥 두드린다.

규정에 따르면, 모든 선수는 최소 4이닝 동안 경기장에 나가야 한다. 교체 선수를 정할 시간이다. 레이드 감독과 라이어니 씨가 재빨리 회의를 한 후, 옥외 2층 방송실에 전화해서 샘 라이저에게 선수 교체를 알린다.

"6번 웰스 대신 콜린 스위니…… 7번 맥스 영 대신에 와인버

그…… 타이리 대신에 윙으로 교체한다."

"알았어요."

샘은 선수일람표에 교체 사항을 신중하게 기록한다.

클레멘테 감독은 메드닉의 결장으로 두 선수만 교체한다. 스미스 대신 드로스, 크로커 대신 카르비노프스키.

조정된 타순은 다음과 같다.

· 원정팀 ·
얼 그러브 수영용품

선수	포지션
딜런 반 잰트	투수
난도 산체스	3루수
브랜든 레이드	포수
카터 해리스	유격수
에이먼 스위니	좌익수
스쿠터 웰스	중견수
맥스 영	2루수
마이크 타이리	우익수
알렉스 라이어니	1루수

노스이스트 가스전기

선수	포지션
저스틴 핑크니	유격수
프랭크 오자니오	중견수
에인절 태티스	3루수
닉 클레멘테	투수
스티븐 스미스	1루수
오언 핀켈	좌익수
트래비스 그린	포수
조이 크로커	우익수
빌리 톰슨	2루수

"공을 칠 기회가 없어서 미안하구나."

레이드 감독이 맥스 영에게 사과한다.

"아무도 출루하지 않으면 힘든 일이지."

맥스 얼굴에 불만스런 표정이 어린다. 그는 이해한다고 말하면서도 흥분된 표정은 보이지 않는다.

"5회 때 다시 들어올 수 있을 거야."

레이드 감독이 어린 선수를 안심시킨다.

"맥스, 네가 필요할 거야. 날 믿어. 경기가 끝나기 전에 크게 한 방 날릴 수 있을 거야."

맥스가 고개를 끄덕인다.

"오늘 팔 상태는 어때?"

"좋아요."

맥스가 대답한다.

"오늘 안심하고 쓸 수 있겠군. 긴장 풀어."

맥스는 더그아웃에 있는 딜런을 흘깃 본다.

"준비하고 있을게요."

"너 1루수 코치를 할 수 있니?"

"네, 물론이죠."

맥스가 대답한다. 5초 후, 그는 선두 타자에게 박수를 치며
코치석에 선다.

3회를 시작하도록 하겠습니다. 아직까지 득점 없이 0 대 0의 상태
가 계속됩니다. 얼 그러브의 선두 타자는 붉은 황소 타일러 와인버
그입니다.

야구는 많은 사람들에게 다양한 의미를 지니겠지만, 타일러
에게 야구 경기는 한 가지 기본적인 행동, 즉 방망이 휘두르는
일을 뜻했다. 타일러는 공을 치는 것을 좋아한다. '잡고 치기'

타격 교실 졸업생이기도 하다. 타일러는 매번 펜스를 향해 휘두른다. 누가 던지든 신경 쓰지 않는다. 왜냐하면 일단 투수가 공을 던져 손가락 끝에서 미끄러지는 순간, 야구는 세상에서 가장 단순한 경기가 되기 때문이다. 타일러는 공간 속에 떠오르는 공을 상대한다. 목표물인가? 그렇다면 쳐라. 저 녀석을 산산이 부수어라.

타일러가 타석에 들어서는 모습을 열심히 지켜보면서, 샘은 속으로 빙그레 웃는다. 타일러의 지난 생일 파티 때 와인버그 부인이 말한 이야기가 떠올랐기 때문이다. 타일러가 기저귀를 찬 아기였을 때의 이야기였다. 하루는 타일러가 밖에서 막대기를 들고 놀고 있었다. 그때도 타일러는 물건 부수는 것을 좋아했다고 부인이 말했다. 어쨌든, 타일러는 잠깐 동안 바깥에서 쾅, 쾅, 쾅, 큰 막대기로 무엇이든 다 두드리고 있던 참이었다.

와인버그 부인은 갑자기 쿵 하는 둔탁한 소리를 들었다. 이어서 흐흥 하고 타일러가 즐겁게 웃는 소리가 들려왔다. 그녀는 서둘러 바깥에 나가 타일러를 보았다. 타일러가 죽은 다람쥐의 꼬리를 들고 의기양양하게 씩 웃고 있었다.

"내가 때렸어."

그가 자랑스럽게 말했다.

그리고 지금 그가 홈 플레이트에 섰다. 포수 닉 클레멘테를 노려보며, 알루미늄 방망이를 단단히 움켜쥐고, 몹시도 스윙하고 싶어 한다. 치고, 때리고, 부수고, 깨기 위해서. 그는 무작정 물건을 때리고 싶었던 소년이었다. 그가 가는 길엔 박살난 램프, 깨진 유리창이 있었다. 특히 가장 즐겁게 때리고 싶었던 건 야구공이었다.

타일러는 머리 위로 25센티미터나 뜬 빠른공에 헛스윙한다. 이번 실수로 관중석에서 일제히 충고가 쏟아진다.

"타일러, 투수한테 스트라이크를 던지게 해!"

"투수를 도와주면 어떻게 해!"

"높은 공은 그냥 보내!"

이런 게 리틀리그 선수의 생활이다. 도움이 될 만한 제안이 끊이지 않으니까.

타석에 선 타일러는 아무 소리에도 귀를 기울이지 않는다. 타일러의 헛스윙으로 투 스트라이크가 된다. 빨갛게 수놓은 공을 부서뜨리고 싶은 타일러에게는 고통스러운 일이다. 타일러는 방망이를 더 단단히 틀어쥐고, 이를 악문다. 공에 화가 치민다. 저 놈의 하얀 돌덩이! 타석에 선 타일러는 야구공을 제외한 모든 걸 잊어버리고, 나쁜 마음만이 가득하다. 타일러가 클레멘테를 노려본다. 자, 자, 던져 봐!

다음 공을 맞이한 타일러는 꽁꽁 언 빨랫줄 같은 타구를 좌익수 쪽으로 보낸다. 하지만 공은 오언 핀켈에게 곧장 날아간다. 외야수는 한 발자국도 움직이지 않는다. 핀켈은 무사히 직선타를 잡는다. 팬과 동료로부터 큰 박수갈채가 터져 나오고, 닉 클레멘테의 얼굴 위로는 안도감의 물결이 일렁인다.

타일러는 지금 돌아가는 상황이 참을 수 없고 부당하다고 느낀다. 그는 부당한 상황에 불평하며 더그아웃으로 난폭하게 뛰어 들어온다.

"안타였는데."

타일러가 투덜거린다.

와우, 로켓과도 같은 타구. 핀켈 선수가 잘 잡았습니다. 일곱 명을 아웃시키고 있는 닉 클레멘테 선수. 다음 타자는 패트릭 웡입니다.

패트릭 웡의 타법은 타일러와 정반대다. 타일러가 손에 닿을 수 있는 거라면(물론 손에 닿을 수 없는 것도) 뭐든지 방망이를 휘두르는 반면에, 패트릭은 포 볼로 걸어 나가길 기대하며 타석으로 간다. 자신이 방망이를 휘두르면 나쁜 일이 일어난다는 걸 알기 때문이다. 더 정확히 말하자면, 전혀 아무런 '일'이 일어나지 않는다는 말이다. 방망이가 무의미하게(또는 막연하게) 공기를 가를 때 아주 작은 바람만 일어날 뿐이다. 따라서 패트릭은 한 번도 사용하지 않은 알루미늄 방망이를 어깨에 걸치고 잇따라 지나가는 공만 쳐다보고 있다. 소문에 따르면, 패트릭은 구경꾼이다. 닉 클레멘테도 그걸 알고 있다.

볼, 스트라이크, 또 다시 스트라이크.

"이봐, 패트릭, 방망이를 돌려야지!"

지난번 경기에도 그런 식으로 끝내는 걸 지켜봤던 레이드 감독이 화가 나서 외친다. 패트릭은 이번 시즌 감독으로서의 최대 실패작이다. 레이드 감독은 패트릭 윙이 괜찮은 타자가 되기를 바랐다. 최소한 방망이라도 휘두를 수 있기를 바랐다. 하지만 결국 보기 좋게 실패했다.

"그냥 연습하듯이 해, 패트릭."

감독이 3루 코치석에서 외친다. 용기를 북돋워 주고 거의 애원하는 듯한 목소리다.

"넌 칠 수 있어!"

아니, 난 못해.

패트릭은 고개를 숙인다. 스트라이크 아웃.

못된 심판 같으니.

다음은 9번 타자 알렉스 라이어니입니다.

알렉스는 타임을 요청하고. 정사각형의 스포츠 고글을 맞춘다.

2년 전, 알렉스는 아주 극심한 슬럼프를 겪었다. 삼진을 당하거나 땅볼만 쳤다. 알렉스가 친 땅볼이 땅속을 파고들며 굴렀기 때문에, 동료들은 '지렁이 킬러'라고 부르기까지 했다.

경기가 끝나면, 알렉스는 아무 말도 하지 않았다. 말할 수가 없었다. 차를 타고 집으로 가는 동안 조용히 앉아 있었다. 엄마가 묻는 말에 대답도 하지 않고, 창밖으로 스쳐 지나는 비닐하우스만 쳐다보았다. 실망하고 혼란스러워하며 씻고 잠자리에 들었다.

왜 알렉스는 칠 수 없었을까? 무슨 일이 있었을까?

아빠가 타격 연습을 해 보자고 제안했을 때 알렉스는 우스워 죽는 줄 알았다. 아빠는 세계 제일의 굼벵이다. 아빠가 공을 던지겠다고 생각한 자체가 코미디였다. 아빠는 넥타이에 양복을 차려입고, 날카롭고 뾰족한 코를 책에 푹 파묻고 사는 분이시다. 아빠는 스포츠를 싫어했다.

다음 날 저녁, 두 사람은 공원으로 차를 타고 갔다. 당연히 처음 몇 개는 못 봐 줄 정도였다. 바닥에 튀거나, 알렉스 머리 위로 휙 넘어가거나, 눈 먼 나방처럼 뒤로 날아갔다. 더 가까이 (위험스러울 정도로) 앞으로 다가온 아빠는, 그 뚱뚱한 몸으로 힘차게 공을 날렸다.

알렉스가 힘껏 스윙했지만 빗맞았다. 알렉스는 아빠가 스트라이크를 던지는 걸 보고 충격을 받아서 빗맞은 거라고 생각했다. 아빠는 다트를 던지는 식으로 공을 던졌다. 발을 아주 약간 내밀고 손목을 휙 꺾는 동작. 와인드업 동작도 취하지 않았다. 알렉스는 이상하고 우스꽝스러운 동작이라고 생각했다. 게다가 방망이를 휘두르기에도 정말 딱이었다.

타격 연습을 잠시 멈추고 야구공들을 주워 모았다. 알렉스는 땅볼을 치기도 하고 공도 많이 놓쳤다.

"아마 뒤팔꿈치 때문일 거예요."

알렉스가 추측해 본다.

"공 아래쪽을 치도록 해 보렴."

아빠가 제안했다.

"네가 놓쳤을 때를 보면, 항상 공 끝에 방망이를 대는 것 같아."

물론, 아빠의 말은 이때까지 들어 본 것 중에 정말 말도 안 되는 충고였다. 허리를 젖히고, 손을 높이 두고, 방망이는 벌레를 쥐어짜듯 가볍게 쥐고, 공을 정면으로 쳐다보라는 것쯤은 알고 있었다. 타격에 관한 다른 조언들은 책이나 레슨, 야구 캠프, 비디오 등과 같은 데서 얻을 수 있었다.

하지만 어찌된 일인지 아빠의 조언이 통했다. 알렉스가 집중해서 공 아랫부분을 치자마자, 온 운동장에 직선타를 뿌리기 시작했다. 놀라웠다. 알렉스는 깜짝 놀랐고, 공을 치는 일이 다시 재밌어졌다.

반시간이 지난 후에, 자동차 트렁크에 장비를 넣으며 알렉스가 아빠에게 감사의 말을 전했다.

"사실, 그렇지도 않아."

아빠가 대답했다.

"하지만 문제의 원인을 알 것 같아."

"네?"

라이어니 씨가 얼굴에서 안경을 벗었다.

"이거 써 봐."

알렉스는 정사각형의 두꺼운 테두리 안경을 썼다. 놀랍게도 세상이 더 뚜렷하고 선명하게 나타났다. 그는 놀라서 아빠를 보았다.

"내 잘못인 것 같아. 못난 유전 탓인 게지."

라이어니 씨가 말했다.

"네가 안경을 쓰면 어쩌나 두려웠단다."

"힘내, 알렉스."

라이어니 씨가 중지로 검은 뿔테 안경을 밀어 올리며 외친다.

알렉스의 볼카운트는 투 스트라이크 원 볼이지만, 클레멘테의 빠른공이 더는 안 들어오기라도 하듯 마음이 편안하다. 다음 순간 알렉스는 오른쪽으로 예리한 직선타를 치며, 클레멘테의 연속 아웃 행진을 끊어 버린다.

외야수 루서 드로스가 불안정하게 공쪽으로 움직인다. 공은 드로스의 글러브를 가볍게 빠지며 우익수 쪽으로 굴러간다.

"달려, 달려!"

코치석의 맥스 영이 고함을 지른다.

"3루야, 3루!"

알렉스는 2루를 지나도 멈추지 않는다. 알렉스는 3루석의 레이드 감독이 손을 흔드는 것을 알아차린다. 드로스가 공을 다시 찾아 노스이스트의 2루수 빌리 톰슨 쪽으로 난폭하게 던진다. 3루에 던지지 않고 말이다. 알렉스는 안전하게 3루타를 뽑아낸다. 그렇지만 공식적인 기록자인 샘 라이저는 1루타와 2루 실책으로 기록한다.

얼 그러브의 더그아웃에서 선수들이 껑충껑충 뛰어오르며, 열정적으로 환호한다.

방송실에 있던 샘도 펄쩍펄쩍 뛰고 싶다. 드로스가 엄청난 실수를 저지르다니! 샘은 기분이 한껏 들떴지만 이리저리 거닐거나 벽을 타거나, 하늘 높이 날고 싶은 욕구를 꾹 참는다. 그 대신 의자에 앉아 자기 일을 하며 다음 타자를 소개한다.

얼 그러브 팀에서 첫 주자가 나가 있는 상황입니다. 닉 클레멘테 선수는 이제 득점을 허용하지 않으려고 할 것입니다. 다음 타자는 투수 딜런 반 잰트입니다.

샘은 주의를 기울여 닉 클레멘테를 살펴본다. 그 거친 투수가 실책에 어떤 반응을 하는지 보고 싶기 때문이다. 최고의 투수는 동료의 실수를 무시하는 버릇이 있다. 그들은 화를 내지도, 비난하지도 않는다. 보통 투수들과는 정반대다. 최고의 투수들은 실책을(심판과 마찬가지로) 날줄과 씨줄로 복잡하게 짜인 테피스트리처럼 경기의 한 부분으로 받아들인다. 그리고 모든 힘을 다해 다음 타자를 상대한다.

하지만 언제나 기분 나쁘게 반응하는 투수들이 있기 마련이다. 샘은 항상 실책 직후의 투수를 지켜보기 때문에, 이번에도 관심 있게 클레멘테를 지켜본다. 클레멘테는 마운드를 내려와, 운동화로 흙을 거칠게 찬다. 글러브에 공을 퍽퍽 던지고, 불평하고 투덜거린다. 끈이 짧게 묶인 초라한 강아지 같다. 샘의 예리한 눈으로 보아, 노스이스트의 투수는 당황한 것 같다.

그래서 닉 클레멘테가 다음 공으로 밋밋한 변화구를 던질 때 샘은 놀라지 않는다. 타자 딜런 반 잰트가 보기에 그 공은 마치 형광색으로 '때려 봐'라는 글자가 찍힌 비치볼 같다. 딜런은 눈을 크게 뜨고…… 침착하게 중견수 쪽으로 득점타를 날린다.

알렉스 라이어니가 홈 플레이트를 밟자, 난도 산체스가 환성을 지르며 반긴다. 동료들이 차례대로 나와 알렉스를 에워싼다.

한층 더 기분이 좋아진 샘 라이저는 저들이 닉 클레멘테라는 풍선에 구멍을 뚫었다고 생각한다. 슈욱. 공기 빠지는 소리.

자신을 잃은 클레멘테가 씩씩거리며 흙을 걷어찬다. 내 잘못이 아니야. 클레멘테의 속이 부글부글 끓는다. 루서가 그놈의 공을 잡았다면 득점하지 못했을 거야. 클레멘테가 루서 드로스에게 비수를 날리듯 우익수 쪽을 노려본다. 양심의 가책을 받고 있는 우익수는 팀에서도 나이가 어린 열한 살이자, 범죄와도 같은 실수를 저지른 5학년생이다.

그렇다는 건 루서 드로스도 다른 사람들과 같다는 얘기다. 아무리 노력해도 루서도 가끔 잘못을 저지른다. 게다가 그가 하고 싶은 건 우익수에서 나가 바위 밑에 숨는 것이다. 그래도 루서는 이런 생각을 한다. 너나 잘해, 클레멘테. 그래, 나 실수했다. 뭐 어쩌라고.

얼 그러브가 1 대 0으로 한 점 앞서고 있습니다。 다음 타자는 난도 산체스입니다。

클레멘테가 다음 타자 난도 산체스에게 욕구불만을 쏟아 붓는다. 클레멘테가 상처 입은 동물이 내는 것처럼 큰 소리를 지르며 공격적인 투구를 쏟아낸다. 그는 더욱 세게 던지고 싶어 한다. 하지만 라인배커*가 아니라 투수이기 때문에, 그의 화는 도리어 역효과를 낸다. 더 세게 던져 보려는 노력을 해도 결과는 신통치 않다. 코치는 그런 것을 '힘으로 밀어붙이기'라고 부른다. 느슨하고 부드러운 동작이 아니라, 근육을 죄고 몸을 팽팽하게 하면 빠른공은 속도를 잃는다. 양쪽 귀에서 증기를 뿜어내듯 화가 난 상태에서는 야구를 할 수 없다.

투 스트라이크 투 볼. 공 네 개가 계속해서 파울이 된다.

"그렇지, 난도! 부에노, 부에노!(좋아, 좋아!)"

관중석에서 큰 소리로 칭찬하는 목소리가 들린다. 공이 날아올 때마다 가족이 그와 함께한다.

"끝내 버려, 난도."

"투수는 널 아웃시킬 수 없어, 난도!"

"넌 잘하고 있어!"

또 다시 파울 볼이 되어 곧장 뒤로 넘어간다. 클레멘테가 머리를 흔든다. 이 녀석을 무찌를 수 있어야 한다. 얼 그러브 전체가 더그아웃 끝에 서서 완전히 몰두해 있다.

★ linebacker. 미식축구에서 수비의 가장 뒤쪽에 있는 수비 포지션이다.

"애송아, 가자아아."

마이크 타이리가 외친다.

곧이어 방망이에 살짝 스친 공이 트래비스 그린의 글러브로 들어가 버린다. 트래비스가 공을 꽉 쥐자 삼진이 선언된다. 3회 초 마지막 아웃이다.

낙담한 난도가 포수의 글러브를 쳐다보다가 관중석의 아빠를 바라본다.

"얘야, 기죽지 마."

산체스 씨가 외친다. 그는 두 번 손뼉을 치고 자랑스럽게 미소 짓는다.

"아주 훌륭했어, 난도! 그게 바로 이기는 거야."

아빠가 옳았다. 난도의 스트라이크 아웃조차 작은 승리인 것 같다. 난도는 클레멘테와 정면으로 맞서 모든 공을 물리쳤고, 한 치도 밀리지 않았다. 풍선에 또 다시 구멍을 낸 것이다.

3회말

	1	2	3	4	5	6	득점	안타	실책
얼 그러브	O	O	1				1	2	O
노스이스트	O	O	−				O	2	1

타순 9 빌리 톰슨 1 저스틴 핑크니 2 프랭크 오자니오

"레이드 감독님, 화장실에 가도 될까요?"

마이크 타이리가 묻는다.

"이 게임에는 빠지게 될 거야, 괜찮지?"

"네."

제프 레이드 감독은 매점 건물의 2층 방송실을 올려다본다.

"시간 나면 그 애를 보러 갈 수 있겠구나."

마이크는 레이드 감독이 누구를 말하는지 알고는 미소 짓는다.

"글쎄요. 네, 물론이죠. 저도 생각하고 있었어요. 괜찮은 거죠?"

"단, 하루 종일 노닥거리지는 말아라. 지금까지 꽤 멋진 경기를 하고 있잖니."

마이크가 싱긋 웃는다.

"네, 알고 있어요."

마이크는 더그아웃을 들여다본다. 맥스 영이 벤치의 구석진 자리에 앉아서, 워밍업을 끝내는 딜런을 보고 있다. 스쿠터 웰스는 제이 지★의 노래를 조용히 흥얼거리며 야구 가방을 뒤지고 있다. 마이크는 문을 열고 나가 찰칵 하고 닫은 뒤, 경기장을 뒤로 한 채 그곳을 빠져나간다.

정사각형의 2층 건물은 의외로 괜찮아 보이는 창고식 건물로, 홈 플레이트 바로 뒤쪽과 철망으로 분리되어 있다. 1층에 구내매점이 들어서 있다. 그런대로 맛이 괜찮은 핫도그와 감자 튀김이 있지만 나초는 안 먹는 게 좋다. 수북이 쌓인 마분지 같은 나초칩에 가짜 치즈를 뿌린 걸 좋아한다면 모르겠지만. 거기에다 주문을 하기 전에 그릴에 있는 사람을 지켜보아야 한다. 이곳 사람들은 치즈버거를 알 수 없는 걸로 바꿔치기할 수 있다. 또는 콜린 스위니가 예전에 보았다던 '지구상에 존재하지 않는' 물체로 바꿔치기하기도 한다. 그리고 가브러치 씨가 그릴에 있을 때면, 7월에 일하는 벽돌공처럼 땀을 줄줄 흘린다. 땀방울이 뚝, 뚝, 지글, 지글. 곧장 입맛이 떨어진다.

복잡한 비품 보관실은 옆문이 열려 있고, 온갖 종류의 도구

★ Jay-Z. 미국의 힙합 가수.

들이 어질러져 있다. 너저분한 잡동사니가 든 커다란 마분지 상자 같은 '분실물 센터'에는 사람들이 일부러 찾아가지 않는다. 계단을 오르면 경기장을 볼 수 있도록 커다란 유리창이 달린 좁은 방이 있다. 굳이 말하자면 경기장 기자석이다. 창문가에 평평한 테이블이 놓여 있고, 그 뒤로 회색빛의 접이식 금속 의자들이 어수선하게 늘어서 있다. 테이블에는 낡은 연필 상자, 반쯤 비어 있는 음료수 캔, 아무도 쓸 생각이 없는 냅킨, 샘의 휴대전화와 마이크가 놓여 있다. 그곳에 샘이 앉아 있다. 고양이처럼 유연하게. 새처럼 내려다보면서. 아무튼 뭐든 간에.

샘은 매주 한두 차례 경기를 방송하는데, 그 일을 진지하게 맡아서 한다. 맨 처음, 그 규칙은 매우 엄격했다.

"자기 의견을 말하지 말 것."

오로지 사실만을 말해야 한다는 뜻이다. 타자, 득점, 카운트, 이닝 등 그런 것들을 말이다. 샘이 그 규칙을 싫어한 건 아니었지만 점점 자기 생각을 갖게 되었다. 차츰 자기 의견을 여기저기 덧붙였다. 말하자면, "산체스 선수는 지난번 투 스트라이크 스리 볼에서 2루타를 쳤었죠."라든가, "홈런 5개로 선두를 달리고 있는 와인버그 선수."와 같은 말로 자기 의견을 말했다.

아무도 신경 쓰지 않는 것 같았다. 어쩌면 알아차리지 못한 건지도 모른다. 아니면, 아무도 샘을 곤란하게 하고 싶지 않은

건지도 모른다. 하긴, 사람들이 어쩌겠어? 이 아이는 무료 이
용권을 가졌는데. 그래서 하고 싶은 말을 거의 다 말할 때까지,
샘은 계속해서 자기 의견을 표현하곤 했다

경기가 끝나면, 사람들은 이렇게 말하곤 했다.

"샘, 잘했어."

같은 학교 아이들도 샘을 알아보았다. 경기를 방송하는 일로
샘은 조금 유명해졌다. 샘은 경기장에서 운동할 수 없었다. 어
쨌든 지금은 할 수 없다는 거다. 그렇지만 방송 일은 경기의 일
부가 되게 해 준다. 샘은 규칙을 갖고 있었다. 어떻게 보면 그
는 여전히 선수였다. 스피커에서 흘러나오는 목소리이자 이야
기꾼, 게임의 활력소이기도 했다.

이런 곳에 마이크 타이리가 세상에서 제일 친한 친구를 보기
위해 들어서고 있다. 바로, 오랫동안 함께 지내 왔던 단짝친구
샘 라이저다.

빌리 톰슨이 타석에 들어섭니다。

이상하게도 딜런은 스트라이크를 던질 수 없다. 약한 타자
톰슨에게 노 스트라이크 스리 볼을 허용하고 있다. 딜런이 마
운드에서 내려와 모자를 벗고 소매로 이마를 닦는다. 셔츠를

올렸다가 내리고, 침을 뱉고, 얼굴을 찡그리다가 아빠를 바라본다.

"물러서지 마, 딜런. 공을 정해."

반 잰트 코치가 더그아웃에서 말한다.

"이번 타자를 잡아야 돼. 첫 타자를 아웃시키라고."

딜런이 스트라이크를 던진다. 톰슨은 원 스트라이크 스리 볼에서 다음 공을 금속 방망이로 때려 매서운 3루 땅볼을 친다. 난도 산체스가 왼쪽으로 미끄러지듯 움직이며 공을 살짝 잡아 1루수 알렉스에게 던진다.

3회말 원아웃. 타순이 한 바퀴 돌아, 저스틴 핑크니 선수가 타석에 들어섭니다.

방송실 의자에 앉아, 샘은 딜런이 볼 두 개를 던지는 모습을 지켜본다. 플레이트 가까이로 들어오는 공은 한 개도 없다.

마이크가 방 안으로 들어선다. 샘 옆에 있는 의자에 털썩 앉는다.

"경치 좋은데?"

"아래쪽이 더 좋잖아."

샘이 대답한다.

마이크는 샘의 말에 아무 말 하지 않고 못 들은 척한다. 마이
크도 같은 생각이기 때문이다.

"뭐 필요한 거 없어?"

마이크가 묻는다.

"꽈배기 튀김이나, 뭐 마실 거라도?"

"아니, 됐어. 땅콩 먹었어."

샘이 구석에 놓인 노란색 가방을 가리키며 말한다.

마이크가 마음대로 한 손 가득 땅콩을 쥔다.

"조금 전에 아주 잘 잡더라."

샘이 말한다.

마이크가 끄덕인다.

"너네 부모님이 제때 도착하시는 것도 봤어."

"그래, 내가 말했거든."

마이크가 단조롭게 말한다. 아무 느낌도 드러나지 않는 목소
리다.

"잘됐네, 그치?"

"그래. 아빠 내가 왜 경기에 못 나갔는지 알고 싶댔어."

스리 볼, 아주 난처하다.

두 명의 친구는 각자 생각에 잠겨 앉아 있다.

"경기 끝나면 뭐 할 거니?"

마이크가 묻는다.

"응, 스카이콩콩 세계 신기록을 세울 계획이야."

샘이 재치 있게 대꾸한다.

마이크는 억지로 웃다가 잠시 주저하며 말한다.

"이거 끝나고 우리 누나 농구경기가 있어. 난 정말 가고 싶지
않아. 문제는 부모님이 나 혼자 집에 있는 걸 허락하지 않으실
거란 거야."

마이크는 마치 목수가 문틀을 조사하는 것처럼 샘의 반응을
살핀다.

"늘 누나 경기에 끌려 다니는 거 정말 싫어."

마이크가 불평을 늘어놓는다.

샘은 마이크가 무얼 물으려는지 안다.

"근데 마이크, 나 요즘 기분이 별로 좋지 않아."

"그냥 집에서 시간을 보낼 수도 있잖아. 비디오 게임이든 뭐
든 하자. 앉아서 얘기를 한다든지, 편하게, 뭐든지 말이야."

마이크가 이런저런 의견을 내놓는다.

샘은 고개를 가로젓는다.

"오늘은 안 되겠어. 너무 피곤해."

"물론 이해해."

마이크가 부드럽게 대답한다.

딜런 반 잰트가 핑크니를 포 볼로 내보낸다.

샘은 핑크니가 1루로 천천히 달리는 모습을 바라본다. 샘은 주의가 산만해지고, 정신이 딴 데 팔려 있는 기분이다. 그냥 혼자서 경기에 집중하고 싶을 뿐이다. 그게 무리한 부탁인가? 마이크의 존재가 자기를 답답하게 하고 신경 쓰이게 한다. 샘은 갑자기 피곤해져 하품을 한다.

다음은 오늘 두 번째 안타를 노리고 있는 프랭크 오자니오입니다.

오자니오가 초구 어깨쪽 빠른공에 방망이를 뻗어 하늘 높이 쳐 올린다.

"내 거야, 내 거야!"

알렉스 라이어니가 소리 지른다. 알렉스가 1루 베이스 뒤로 몇 걸음 물러나 뜬공을 처리한다. 딜런에게 밑에서 공을 던지고, 팔을 다시 빙글 돌려 손가락 두 개를 치켜든다.

"투아웃!"

"다행이야."

마이크가 샘에게 말한다.

"오자니오는 정말 무서운 녀석이야."

샘이 한 손가락을 들어 조용히 하라는 시늉을 하며, 마이크에 고개를 바짝 대고 검정색 버튼을 누른다.

투아웃, 다음 타자는 에인절 태티스입니다.

마이크가 일어서서 문 쪽으로 고개를 기울인다.

"자, 그럼, 경기하러 가야겠지."

샘은 경기장에서 눈을 떼지 않고 등을 돌린 채 말한다.

"너희 팀이 이길 거야."

"그래, 저기……."

마이크는 칙칙한 방과 반쯤 채워진 물통, 구석에 있는 M&M 봉지를 훑어본다.

"뭐 필요한 거 없어?"

"아니, 괜찮아."

"정말? 음, 그러니까, 화장실에 간다거나 뭐 그런 거 해야 하잖아?"

마이크가 묻는다.

"네 도움은 필요 없어."

샘은 마이크를 노려보며 톡 쏘아붙인다.

"이러는 거 너무 피곤해……."

말을 끝맺지 못한 채 샘의 목소리가 점점 사그라진다. 섬광처럼 번득이던 화가 벌써 시들해진 거다. 샘은 심호흡을 하고, 한숨을 쉰다.

"준비 다 되어 있어. 정말이야, 마이크. 가서 경기해."

"알았어, 알았어."

마이크는 돌아서서 떠나려 한다.

"마이크."

샘이 마이크를 부른다.

"왜?"

"클레멘테는 남은 경기를 지금처럼 빠르게 던질 수는 없을 거야. 너희 팀이 녀석을 잡을 테니까."

마이크가 고개를 흔든다.

"잘 모르겠는데. 녀석은 강해."

"두고 봐."

샘이 확실하다는 듯 말한다.

"녀석이야 모든 힘을 쏟아 붓겠지만, 6회까지 계속 그렇게 할 수는 없잖아. 그러니 제일 먼저 빠른공이 높게 들어올 때를 알아차려야 돼. 그 다음엔 낮은 변화구가 땅에 튀게 될 거야. 그럼 녀석은 욕설을 퍼붓기 시작할 거고. 그때가 바로……"

의미심장하게 말을 끊는다.

"그때가 바로 뭔데?"

마이크가 속이 타서 말한다.

샘이 빙그레 웃는다.

"너희 팀이 녀석을 잡을 때지."

에인절 태티스는 공이 스트라이크에서 순식간에 변화구로 낮게 들어오자 스윙을 딱 멈춘다. 저스틴 핑크니는 2루로 돌진한다. 브랜든이 깔끔하게 공을 잡고 벌떡 일어나, 2루로 힘차게 던진다. 공은 끝까지 가지 못하고 베이스에서 2미터 앞쪽에 떨어진다. 패트릭 윙이 갈팡질팡하는 사이에 공은 빠져나가지만, 카터 해리스가 뒤에서 받아 준다.

"타임."

브랜든이 외치고, 천천히 마운드에 오른다.

"다시 타임 부르지 마, 브랜든. 네가 하는 건 고작 만나는 것밖에 없잖아."

딜런이 불평한다.

"잠시만 시간 좀 내 줘."

브랜든의 목소리가 쌀쌀맞다.

"너 대체……?"

"잠시만, 좀!"

브랜든이 쏘아붙인다.

딜런이 그의 동료를 쳐다본다.

"브랜든, 안색이 안 좋아 보여. 얼굴이 창백해."

"그냥…… 잠시만 입 좀 닥쳐 줄래? 응?"

딜런이 감독과 코치를 흘깃 쳐다본다. 어찌해야 할지 확신이 서지 않는다.

"괜찮아?"

"그래, 좀 어지러울 뿐이야."

레이드 감독이 베이스 라인으로 걸어간다.

"얘들아, 무슨 문제 있니?"

"아니오, 별일 없어요."

브랜든은 아빠에게 손을 흔들고 홈 플레이트 뒤 포수 자리로 돌아간다. 겨우 3회째다. 또 다시 길게 송구할 수 있을지는 모르겠지만.

에인절 태티스가 안타를 치지만 경기장에서 가장 최악의 장소에 떨어지고 만다. 물론 노스이스트 팬이라면 그렇다는 말이다. 유격수 카터 해리스가 폴짝 뛰어 길 잃은 공을 쓸어 담는다. 곧이어 느긋하게 1루로 던져 에인절을 아웃시킨다.

콜린 스위니가 외야 중앙에서 달려오며 소리친다.

"쟨 누구야? 도대체 쟨 누구냐고?!"

카터가 웃으며, 관중석에 있는 엄마를 찾는다. 엄마는 얼굴을 돌려 주차장을 살피고 있다. 그 모습을 보고 카터는 생각에 잠긴다.

지미 외삼촌은 어디 계시지? 오기로 약속하셨는데.

어느 날 지미 외삼촌이 그릴 위에서 소시지 한 통과 씨름하고 있을 때, 카터는 집 안을 어슬렁거렸다. 그냥 호기심에, 뭔가 찾아내길 기대하며 여기저기 둘러보고 있었다. 카터는 옷장 문을 열었다. 그리고 옷장 뒤 깊숙한 곳에 놓여 있는 신발 상자를 열었다. 그곳에서 그것을 발견했다. 외삼촌의 총. 까만색이었고, 상상했던 것보다 더 컸다. 그 당시 아홉 살이었던 카터는 상자에서 총을 꺼냈다. 손에서 묵직하게 느껴졌다. 총을 쏘거나 바보 같은 짓을 할 생각은 없었다. 그는 바보가 아니었다. 카터는 총이 위험하다는 걸 알고 있었다. 하지만 그래도, 카터는…… 총을 만져 보아야 했다.

"얘야! 거기서 뭐하고 있지?"

외삼촌의 목소리에 카터는 깜짝 놀랐다. 외삼촌은 카터의 손에서 총을 빼앗았다.

"카터, 여기서 뭐하고 있지? 다시는 절대, 절대 만지지 마라!"

외삼촌은 화가 나서 목소리가 커졌다.

"전 단지······."

카터는 떨리는 목소리로 말을 더듬었다.

외삼촌의 얼굴에서 긴장이 풀렸다. 눈도 다시 부드러워졌다. 그가 한쪽 무릎을 꿇었다.

"장전되지 않은 거야. 보이지?"

외삼촌이 손에 총을 쥐고 설명했다.

"네가 이 총을 쥐고 있는 걸 보고 두려웠단다. 네게 소리 지를 마음은 없었어. 하지만 총은 갖고 노는 장난감이 아니야. 무슨 말인지 알지?"

"외삼촌은 총에 맞지 않겠죠, 그렇죠?"

카터가 물었다.

"뭐라고?"

그 질문은 명치를 한 방 맞은 듯 충격적이었고, 외삼촌을 깜짝 놀라게 했다. 지미 외삼촌, 즉 일류 형사 제임스 갤러거는 슬픔의 파도가 자신을 덮치는 것 같았다. 불쌍한 녀석. 저 아인 절대 그 일을 잊을 수 없을 거야.

"그런 거죠?"

카터가 집요하게 되풀이해서 말했다.

"그런 거죠?"

카터의 눈이 비를 맞은 돌처럼 눈물에 젖어 반짝였다.

외삼촌이 팔로 감싸 안아 주자, 눈물이 쏟아져 내렸다.

"그래, 카터, 걱정하지 마. 일할 때는 아주 조심한단다."

카터의 귀가 따뜻해질 정도로 외삼촌의 목소리가 가깝게 들렸다.

"절 떠나지 않으실 거죠?"

카터는 자기가 질문하는 소리를 들었다. 진심으로 우러나오고, 깊은 곳에서 울려 퍼지는 소리였다.

"절대 떠나지 않으실 거죠?"

"약속할게."

외삼촌은 말했다. 하지만 그건 약속될 수 없고, 결코 약속하지 말아야 한다는 걸 알고 있었다. 왜냐하면 누구도 운이 좋다거나 재수가 좋다거나, 잘못된 시간에 잘못된 장소에 있지 않겠다고 약속할 수 없기 때문이다. 사는 문제에 관해서는 약속할 수 없는 법이다.

"약속할게, 카터. 넌 내게 특별한 아이야."

외삼촌은 카터의 얼굴에 손을 대고 엄지손가락으로 눈물을 닦아 주었다. 외삼촌은 일어나 등을 돌리고 소매로 자기 얼굴을 쓱 닦았다. 외삼촌은 총을 다시 신발 상자에 넣고 손이 닿지 않는 선반 위에 올려놓았다. 그가 옷장 문을 닫았다.

"이리 온."

카터의 뒷목에 손을 얹으며 말했다.

"내가 최근에 구입한 수집품이 뭔지 보여 줄게. 진짜 끝내준
단다."

4회초

	1	2	3	4	5	6	득점	안타	실책
얼 그러브	○	○	1	–			1	2	○
노스이스트	○	○	○				○	2	1

타순 3 브랜든 레이드 4 카터 해리스 5 에이먼 스위니

반 잰트 코치가 타순표를 자세히 보고 있다.

"레이드, 해리스, 진짜 스위니"

그가 부른다.

"콜린, 넌 대기하고 있어. 자, 1점 따자!"

"사인을 잘 보도록 해."

레이드 감독이 선수들에게 상기시킨다.

"점수를 내도록 해 보자."

브랜든이 타석에 들어서기 전에, 엄마가 더그아웃 끝에 다가

온다. 엄마는 브랜든에게 파란색 파워에이드를 내민다.

"지금은 안 돼요, 엄마. 타석에 서야 돼요."

브랜든이 거절한다.

나오미 레이드는 아들에게 병을 건네준다.

"꼭 마셔야 해. 그런데 몸은 좀 어때?"

엄마가 자기 어깨에 손을 갖다 댄다.

"괜찮아요."

브랜든은 뒤를 돌아 타석으로 향한다.

4회초 선두타자는 포수 브랜든 레이드입니다.

브랜든이 무릎쪽 빠른공에 방망이를 휘둘러 땅볼이 된다. 유격수 저스틴 핑크니가 깨끗이 처리하여 아웃시킨다. 뭔가 해보지도 못하고 끝나 버려서 브랜든은 괴롭다. 집중하지 못했던 거다. 그 대신 자기 팔과 엄마 그리고 바보 같은 파워에이드만 생각하고 있었다. 엄마는 자기가 베리베리를 더 좋아한다는 걸 알아야 했다.

"괜찮아, 브랜든. 다음번에는 칠 수 있을 거야."

반 잰트 코치가 말한다.

네, 어쨌든 벌써 4회째예요. 그 '다음번'이라는 건 이제 없을지도 모른다고요.

원아웃. 오늘 최고의 수비력을 보여 주고 있는 카터 해리스 선수가 타석에 들어섭니다.

카터는 4번 타자다. 하지만 오늘 두 번째로 주자 없이 타석에 들어선다. 4번 타자인데, 홈으로 싹 쓸어 담을 주자가 없다니.

클레멘테는 다시 자기가 우월하다는 듯 뻐기고 있다. 여전히 힘껏 던지고, 투덜거리고, 씩씩대고, 자신의 주무기를 뿌려 대고 있다. 카터는 클레멘테를 존경하지만, 너무 난폭하게 경기를 한다고 생각한다. 벽돌처럼 빈틈없지만, 빌어먹을, 어떻게 저럴 수 있지.

놀랍게도, 클레멘테가 변화구 세 개를 연이어 던진다. 원 스트라이크 투 볼.

"카터, 네가 유리해!"

엄마의 목소리다. 뒤를 흘끔 돌아보니, 관중석에서 무릎에 손을 포개고 있는 엄마가 보인다. 엄마는 반 잰트 부인과 라이저 부인 그리고 타이리의 부모님과 함께 앉아 있다. 카터의 마음이 싱숭생숭해진다.

외삼촌의 갤러리에는 항상 카터를 불안하게 하는 액자사진이 걸려 있다. 그런데도 설명할 수 없는 어떤 이유 때문에 카터는 사진에 다가갔고, 묘한 애착을 느꼈다.

아주 평범한 사진이었다. 이 흑백사진은 1962년 월드 시리즈에서 뉴욕 양키즈가 샌프란시스코 자이언츠를 격파한 직후에 찍은 사진이었다. 사진에는 뉴욕 양키즈 포수인 엘스턴 하워드의 서명이 있었다. 대부분의 사람들이 보기에는 그저 승리를 축하하는 사진에 불과했다. 사진 속에는 다섯 명의 양키즈 선수들이 서로에게 달려들며 환호하고 감격하고 있었다. 양키즈 팬을 미소 짓게 하는 순간이다. 어쩌면 달콤쌉싸름한 순간일지도 모르겠다. 그 당시 브롱스 바머★는 내리막길로 접어들고 있었고, 양키즈 유니폼을 입은 챔피언들은 그 다음 15년 동안 한 시리즈도 우승하지 못하였기 때문이다. 양키즈에게는 긴 시간이었다.

그 시즌에는 모리 윌스가 104개의 도루를 기록하고, 미키 맨틀이 아메리칸리그 MVP를 수상하고, 샌디 쿠팩스가 생애 첫 노히트를 기록했다. 게다가 기쁘게도 그 당시 최고의 구원투수는 이름도 재미있는 엘로이 페이스였다.

양키즈, 그러니까, 이 빌어먹을 양키즈는 오랜 기간 무자비하게 지배하며 잘나가고 있었던 거다. (자비가 없다고? 그래, 양키즈에는 미키 맨틀이 있었으니까!) 훌륭하고, 재능 있고, 의기양

★ Bronx Bombers. 1960년대 양키즈 타선. 즉 1번부터 9번까지 좌타자 우타자 고루 한 방씩 터뜨렸던 양키즈 타선을 가리키는데, 양키스타디움의 지명 '브롱스'를 따서 브롱스 바머라고 한다.

양하고, 참을 수 없을 정도로 강하다. 이들은 세계를 여행하고 애끓는 마음을 뒤로 한 채 떠났다. 카터는 양키즈를 찾는 일은 송곳으로 이빨을 파헤치는 것과 같다고 믿었다. 새총을 가진 하찮은 녀석과 비교되는 골리앗을 응원하는 것과 같다고. 학교 불량배들과 어울리는 것과 같다고.

아니다. 카터는 사진 속 작은 남자를 찾았다. 항상 그랬다. 팀 성적이 좋지 못하면 카터는 양키즈 선수들을 좋아했다. 선수들이 아주 최악이면, 카터는 훨씬 더 좋아했다. 대부분 사람들은 승리자가 악대차에 타는 것을 더 좋아한다. 카터는 아니었다. 그는 사랑스러운 패자에게 일주일에 며칠 또는 일요일에 두 번 정도 시간을 낸다.

외삼촌의 벽에 걸린 사진을 보면, 카터는 어쩔 수 없이 사진 맨 앞쪽 풀이 죽어 있는 사람에게 눈길이 간다. 그는 샌프란시스코 유니폼을 입은 흑인선수로 머리를 숙이고 절망적인 표정을 하고 있었다. 그가 홈 플레이트까지 5미터를 남겨 놓고, 3루 라인을 걸어 내려가는 모습이었다. 시간은 얼어붙어, 그는 결코 홈 플레이트를 밟지 못할 것이다. 언제나 가까이에 있지만 결코 도착할 수 없는 곳.

지미 외삼촌은 사진의 배경에 대해 설명해 주었다.

"아주 굉장해. 그렇지 않니?"

그가 말했다.

"아주 오래 전에 엘스턴 하워드가 전단지에 사인해 줬단다. 놀라운 능력을 가진 멋진 선수지. 게다가 아주 강하고."

"저 사람은 누구예요?"

카터가 고독해 보이는 자이언츠 선수를 가리키며 물었다.

지미 외삼촌은 생각에 잠겨 턱을 쓰다듬었다.

"아마 마티 알루일 거야. 펠리페, 헤수스와 함께 알루 삼형제 중 한 명이지. 어느 날 이들 삼형제는 샌프란시스코 자이언츠의 외야에 함께 섰단다. 정말 대단하지? 안 그래? 세 형제가 나란히 메이저리그에서 뛰다니."

카터는 사진을 뚫어져라 바라보며 고개를 끄덕였다.

외삼촌이 계속해서 말했다.

"그해 월드시리즈는 7차전까지 가게 되었단다. 9회말에 자이언츠는 1 대 0으로 끌려가고 있었어. 랄프 테리가 걸작을 던졌지 뭐냐. 선두타자 마티 알루가 1루타를 쳤어. 그 다음 두 명의 타자들이 스트라이크 아웃되고, 윌리 메이스가 2루타를 쳤단다. 하지만 알루는 3루에 멈춰야 했지."

카터가 말했다.

"알았어요. 주자는 2, 3루, 투아웃, 월드시리즈 7차전 9회말 이로군요. 믿기지가 않아요."

외삼촌이 싱긋 웃으며 실을 집었다.

"그래서 윌리 맥코비가 들어서지. 맥코비는 야구공을 톱밥으로 부서뜨릴 수 있을 정도로 강력한 왼손잡이 거포였어. 아주 두려워할 만한 타자지. 어쨌든 '키다리' 맥코비는 거포가 할 수 있는 모든 일을 했지. 초구에 오른쪽으로 안타성 타구를 쳤지만 61센티미터 차이로 파울이 되었어. 안타 한 방으로 월드시리즈에서 우승한다, 넌 이게 무슨 말인지 알겠지. 그렇게 되면 2루에 있는 메이스가 재빨리 달려 역전할 수 있으니까 말이야. 다음 공은 볼이었고, 그 다음 공에서 완전히 부서뜨리듯 로켓 같은 직선타를 날렸단다. 하지만 양키즈 2루수인 보비 리처드슨이 잡았지."

"게임 끝."

외삼촌이 손가락으로 사진을 톡톡 건드리며 말했다.

"이게 바로 그때 찍힌 사진이야. 맥코비가 1962년 월드시리즈에서 마지막으로 아웃된 직후지."

카터는 자세한 설명을 모두 새겨들으며 사진을 바라보았다. 그 사진은 카터가 이제까지 막연하게 생각해 왔던 사실을 확인해 주었다.

세상은 공평하지 않다.

야구조차도.

더그아웃 입구에서, 스위니 쌍둥이가 나란히 서 있다. 에이먼은 다음 타자이고, 콜린은 에이먼을 쫓아온 거다.

"만약 카터가 치고 나가면, 내가 번트를 댈 거야."

에이먼이 콜린에게 말한다.

"알았다고."

콜린이 〈에이스 벤츄라(Ace Ventura)〉에서 동물 탐정 역으로 출연한 짐 캐리를 꽤 비슷하게 흉내 내면서 말한다. 오래된 영화였는데, 콜린은 최고의 명작으로 평가한다.

에이먼이 클레멘테를 집중해서 지켜본다. 그가 콜린에게 작은 목소리로 말한다.

"변화구를 잘 봐. 특히 투 스트라이크 상황일 때 더 잘 보라고."

콜린은 자기가 제일 좋아하는 영화, 〈메이저리그〉의 대사 중 하나가 생각나서 히죽 웃는다. 콜린은 사투리가 심하고, 영화에서 미신을 믿는 거포로 등장하는 페드로 세라노의 흉내를 낸다.

"난 변화구는 못 쳐. 오로지 직구만 때리지. 방망이가 변화구를 무서워해."

에이먼은 콜린을 바라보며, 믿을 수 없다는 듯 얼굴을 찡그린다.

"어떻게 그 장면을 기억해? 넌 돌았어. 누구든 그렇게 말할걸?"

"가끔 그런 말들을 하지."

콜린이 대답한다.

"하지만 네 문제는 말이야, 너무 많이 생각한다는 거야. 생각은 그만 좀 하고, 그냥 공을 때리라고."

한편 클레멘테는 빠른공으로 카터를 궁지에 빠뜨린다. 공은 날개가 찢어진 나비처럼 약하게 흔들리며 마운드로 날아간다. 클레멘테가 공을 잡아 투아웃이 된다. 카터 해리스는 방금 스트라이크 아웃이 된 데다, 투수 쪽으로 힘없이 공을 치기까지 했다. 카터는 실패도 게임의 일부라고 생각하기 때문에 참고 견딜 수 있다. 경기장에서는 자신이 팀에 도움이 된다는 것도 안다. 그렇긴 해도, 아웃당하고 싶지는 않다. 다음번엔 녀석을 잡을 거야.

오늘 두 번째로 타석에 들어서는 에이먼 스위니. 에이먼 선수는 첫 번째 타석에서 번트를 시도했지만 성공시키지 못했죠.

에이먼은 첫 번째 공으로 변화구가 올 거라고 추측하지만, 허리 높이의 직구다. 스트라이크. 다시 변화구일 거라고 생각하지만, 느린 직구다. 투 스트라이크.

에이먼은 타석에서 내려와, 경기장을 훑어본다.

"생각하지 마. 그냥 쳐."

콜린이 더그아웃에서 소리친다.

에이먼은 머리를 흔들며, 오른발로 구멍을 판다. 다음 공을 맞이할 준비를 갖추는 거다. 좋아, 생각하지 말자. 에이먼은 (엉뚱하게도!) 바깥쪽 직구에 스윙하고 삼진아웃을 당한다. 아아아악!

콜린이 더그아웃으로 들어오는 에이먼을 맞이한다.

"에이먼, 저런 공에 왜 휘둘렀어? 생각을 했어야지, 생각을."

아아아악!

브랜든이 손에 포수 장비를 들고 아빠 옆에 선다.

"아빠, 얘기 좀 해요."

"뭐지, 브랜든?"

"제 팔 때문에요."

브랜든의 표정이 나머지를 말해 준다.

"얼마나 나쁜데? 어느 쪽이야?"

브랜든은 아빠에게 상처 부위를 보여 주며, 공을 던질 때만 아프다고 이야기한다.

"언제부터 그랬지? 3회부터였니?"

"아뇨. 저기, 며칠 전에요."

"며칠이라고?"

"나아질 거라고 생각했어요."

브랜든이 서둘러 말한다.

"엄마가 말했어요. 휴식을 취하면……."

"엄마가 말했다고?"

레이드 감독은 모자를 벗고, 가는 머리카락을 손으로 쓸어 올린다.

"마지막 두 이닝에 참가하지 못한다는 거니?"

"아뇨. 전 경기하고 싶어요. 다만 포수 역할을 할 수 있을지 잘 모르겠어요."

레이드 감독은 경기장을 살펴보며 더그아웃을 확인한다. 누가 브랜든을 대신할 수 있는지 찾으려고 애쓴다. 그는 이런 경우를 예상하지 못했다. 팀의 백업포수는 맥스 영이지만 맥스는 다음 반 이닝까지 경기에 나갈 수 없다. 게다가 카터를 유격수에서 빼고 싶지도 않다. 1점차 경기를 하고 있기 때문이다. 난도를 포수 자리에 앉힐 수도 없다.

"한 회 더 뛸 수 있니?"

그가 묻는다.

브랜든은 아빠의 눈을 들여다보며 말한다.

"물론이에요."

"단, 공을 던지려고 하지 마. 주자가 뛰면 그냥 내버려 둬."

브랜든은 끄덕이고 나서, 몸을 구부려 포수 장비를 뒤집어 쓴다.

"어떻게 내게 말하지 않을 수 있지? 믿을 수 없구나, 브랜든."

레이드 감독이 불만을 터뜨린다.

"경기를 해야 했거든요, 아빠."

브랜든의 눈에서 감정이 북받쳐 오른다.

"챔피언 결정전이잖아요."

레이드 감독은 자신의 말을 즉시 후회한다. 자신은 항상 아들에게 엄격했다.

"알아, 브랜든. 알고 있어. 자, 프로텍터★ 입는 거 도와줄게……."

★ protector. 포수 장비 중 가슴보호대.

4회말

	1	2	3	4	5	6	득점	안타	실책
얼 그러브	O	O	1	O			1	2	O
노스이스트	O	O	O	−			O	2	1

타순 4 닉 클레멘테 5 루서 드로스 6 오언 핀켈

딜런은 마운드로 걸어가며 중얼거린다. 아홉 명을 아웃시켜야 돼. 아홉 명 더. 우리에게 필요한 건 그거야.

홈팀의 4회말 선두타자는 닉 클레멘테입니다.

딜런은 클레멘테를 완벽하게 상대하고 있다. 구석으로 빠른 공을 던져 순식간에 투 스트라이크가 된다. 높은 공을 던지면 클레멘테는 눈 한번 깜짝거리지 않는다. 그러다가 발목 쪽으로 뚝 꺾어지는 끔찍한 변화구를 받아 친다. 클레멘테는 방망이를 휘둘러 3루 너머로 하얀 불꽃을 쏘아 올린다. 안타다. 이런 텍사스 히트★를 가리켜 고참들은 '죽어 가는 메추라기'라고 부른다.

1루에 서서 클레멘테는 세차게 손뼉을 친다.

"네 차례야, 루서! 날 불러들여야지!"

이번 경기 처음으로 타석에 들어서는 루서 드로스입니다.

딜런은 강적 드로스를 삼진으로 침착하게 처리한다. 이번 이닝에 접어들면서 딜런의 빠른공이 특히나 잘 먹히고, 원하는 곳으로 쏙쏙 들어간다. 마운드에 선 소년은 조용히 헤아린다. 여덟 명 더.

다음은 오언 핀켈. 핀켈 선수는 첫 타석에서 우측 플라이를 기록했죠.

우익수 타일러 와인버그가 껌을(콜린 스위니의 영화 콘테스트에서 1등으로 받은 상이다) 씹으며 자기 차례에 대해 생각하고 있다. 와인버그는 다음 회에 타석에 들어설 예정이다. 핀켈이 왼손잡이 타자라는 사실을 까맣게 잊고 있다.

타일러에게 수비는 결코 중요하지 않았다. 경기 중에도 별로

★ bloop hit. 타자가 친 공이 내야수와 외야수의 사이에 떨어져서 양쪽 모두 잡지 못한 행운의 안타.

주의를 기울이지 않았다. 그래도 타일러는 우익수 쪽이 편하고 조용한 곳이라고 여긴다. 공 때문에 괴로워하지 않고 경기를 할 수 있기 때문에 와인버그에게는 딱 안성맞춤이다. 게다가 레이드 감독의 핵심적인 수비 전략이기도 했다. 와인버그를 감춰. 패트릭에게 공이 가지 않도록 바라자구.

경기장에 있을 때는 공을 치는 생각을 하지 말아야 한다. 모든 감독이 그렇게 말을 한다. 하지만 타일러의 머릿속엔 공을 치는 생각뿐이다. 달리 생각할 게 있나? 그렇게 와인버그는 목장에 있는 소처럼 우익수 쪽에 서서, 껌을 질겅질겅 씹으며 자신의 타격 자세를 생각하고 있다. 공을 보고 치는 거야. 공을 보고 치는 거야.

생각에 몰두해서 공을 보고 있는데, 무언가 다가온다. 손으로 108번을 꼼꼼하게 꿰맨 유명한 중국산 제품인 진짜 야구공이다. 그 공이 하늘로 올라, 이런, 갈색 소 타일러가 있는 방향으로 오고 있다.

타일러는 손을 불쑥 내밀어 공을 받아 낸다. 1루 주자 닉 클레멘테가 2루로 반 이상을 달렸다. 클레멘테는 타일러가 대수롭지 않다는 듯이 공을 잡아내는 모습을 보고 매우 놀란다. 1루로 황급히 돌아온 클레멘테는 교회에서는 절대 말할 수 없는 말을 중얼거린다.

와우, 타일러 와인버그가 잡았군요. 수비에 대해서는 잘 모르는 선수인데 말이죠(어험, 어험). 4회말 투아웃, 스코어는 여전히 1 대 0. 트래비스 그린 선수가 타석에 들어섭니다. 트래비스 선수는 첫 타석에서 2루타를 날렸죠.

일곱 명 더. 딜런이 숫자를 헤아린다. 경기가 진행될수록 점점 강해지는 걸 느낀다. 딜런은 투수석에 서서 포수의 사인을 뚫어지게 쳐다본다. 친구 트래비스 그린은 딜런의 멋진 날을 망치고 싶어 한다. 지난번 타석에서 트래비스는 둘의 우정을 좀 멀어지게 했다. 공이 펜스로 쭉쭉 뻗어 가는 내내 말이다. 딜런은 트래비스에 대해 마음을 단단히 먹는다. 둘 다 상대방을 인정하지 않는다. 경기는 심각해졌고, 모든 우정은 나중에 정신 차릴 때까지 잠시 중단되었다.

트래비스가 친 공 두 개가 파울이 된다. 딜런의 제구력★은 뛰어나다. 마침내 공이 딜런이 마음먹은 대로 들어간다. 브랜든이 표적을 정하면 딜런이 그 지점에 명중시킨다. 그는 트래비스를 속이려고 바깥쪽 공을 던진다. 속지 않는다. 볼카운트는 투 스트라이크 원 볼. 딜런이 다음에 몸쪽 공을 던지자, 트래비스가 이를 받아친다. 공은 2루수 패트릭 윙 쪽으로 약하게 튀어 오른다.

★ control. 투수가 자신이 원하는 곳에 마음먹은 구질로 투구할 수 있는 능력.

패트릭이 기다리고 있다가, 다리 사이로 공이 구르자 몹시 놀란다. 공이 다리 사이로 빠져 버린 거다. 클레멘테가 3루로 내달린다. 트래비스는 패트릭의 실책으로 1루에 도착한다.

딜런은 패트릭을 쳐다보지도 않는다. 1점차 경기에서 그런 실수는 하면 안 된다. 챔피언전이 열리는 지금은 더욱 안 된다. 딜런은 마운드 뒤에 서서 손에 든 공을 문지른다.

"그런 건 잊어버려. 다음 공이나 정해!"

레이드 감독이 내야에서 고함지른다.

"걱정하지 마, 패트릭. 다음 타자를 잡으면 돼."

주자는 1, 3루, 투아웃, 다음 타자는 마티 카르비노프스키입니다.

샘은 카르비노프스키가 딜런을 크게 괴롭히지 않을 거라고 생각한다. 카르비노프스키는 발이 꼭 작은 곤돌라처럼 생긴 멍청한 녀석이다. 키가 크고 만만찮은 상대로서, 유연한 신체에 체중이 다소 나가는 편이다. 카르비노프스키는 굵은 머리통에 곱슬곱슬한 빨간 머리카락을 지녔다. 그 적갈색 회전초 같은 머리카락이 헬멧 밑에 괴상하게 삐죽 튀어나와 있다. 녀석에겐 '선수'라고 부를 만한 게 하나도 없다.

샘이 생각하기에, 카르비노프스키보다 좀 더 걱정스러운 일은 폭투★다. 딜런은 오늘만 해도 몇 번 공이 바닥에 튀었다. 하지만 지금 3루에 있는 클레멘테 때문에, 폭투를 하게 되면 동점이 될 가능성이 있다. 그냥 직구를 던져. 샘은 혼자 중얼거린다. 커브는 생각하지도 마.

딜런은 카르비노프스키에게 첫 번째 공을 날려 원 스트라이크가 된다. 힘껏 당기는 폼이 생각 외로 뛰어난 것 같다. 방망이를 난폭하고 세차게 휘두른다. 딜런은 빠른공을 또 하나 던진다.

볼이어야 했다. 카르비노프스키의 눈높이로 들어오는 공이다. 좀 더 훈련된 타자라면 그 공은 치지 않는다. 하지만 카르비노프스키는 방망이를 휘둘러 공을 친다. 공이 방망이를 떠나는 순간 사라져 버린다. 그리고 하늘 높이 포물선을 그리며 쭉쭉 나아간다. 야구에서 가장 우아한 곡선이다. 곧이어 4.5미터나 날아가 중견 펜스를 훌쩍 넘는다.

스리 런.

손도끼로 딜런의 머리를 내리친 것 같은 충격.

샘도 완전히 어안이 벙벙해서 바라본다. 전혀 가능할 것 같지 않은 타구에서 우레와 같은 장타를 날려, 노스이스트가 3대 1로 앞선다. 기쁨에 겨운 노스이스트 선수들이 더그아웃에서

★ wild pitch. 포수가 처리할 수 없는 투수의 정규투구.

쏟아져 나와 펄쩍펄쩍 뛰다가, 카르비노프스키가 베이스를 돌아 홈으로 다가오자 우르르 몰려가 그를 에워싸고 축하해 준다. 홈런이야! 저 멍청이가 결국엔 한 건 했어!

포수 브랜든 레이드는 움직이지 않는다. 꼼짝도 하지 않는다. 일어설 수조차 없다. 주위로 노스이스트 선수들이 함성을 지르며 뛰어다니고 밀치는 동안, 브랜든은 자기 자리를 지킨다. 마침내 브랜든은 일어서서 팔과 다리를 쭉 펴고, 마운드로 걸어간다.

"뭐, 확실히 날렸네."

브랜든이 말한다.

딜런이 멍하니 고개를 젓는다. 완봉승을 달성하려는 순간이 곧바로 연기처럼 사라진다.

브랜든은 노스이스트가 축하하는 장면을 지켜본다.

"쟤네들이 무슨 생각을 하는 거야? 경기가 끝났다고?"

그가 투덜댄다.

"4회일 뿐이야, 딜런. 하긴 네게 무슨 말을 하겠냐. 다음 녀석이나 잡자. 그런 다음에 더그아웃에 가서 방망이를 쥐고, 다시 되갚아 주면 돼."

패트릭 윙은 내야 바닥에서 돌을 집어 옆으로 휙 날린다. 넌 더리가 났다. 이번 이닝을 질질 끌게 된 건 그의 실책 때문이었다. 도대체 내가 왜 여기에 있지? 패트릭은 오늘 같은 날 끔찍한 일을 저지르지 않기를 바랐었다. 챔피언 결정전은 다른 경기랑은 다르니까. 재스퍼 메드닉이 왜 오늘 경기에 나타나지 않았는지 패트릭은 이제야 깨닫는다. 메드닉은 아픈 게 아니었다. 메드닉은 창피를 당하고 싶지 않았던 거다. 팀을 망치는 애물단지.

패트릭은 과거 실패작들을 모아 둔 스크랩북을 넘기듯 지난 시즌을 생각해 보았다. 매번 삼진아웃을 당했다. 잡기 쉬운 뜬공도 땅에 떨어지고 나서야 잡을 수 있었다. 레이드 감독은 그를 다른 포지션에 넣어 보려고 했다. 아니면 패트릭이 맡을 만한 장소, 즉 최소한 피해를 끼치지 않는 장소를 찾으려고 했다. 우익수, 좌익수. 최근에는 2루에서 수비를 많이 했다. 운 좋게도 땅볼들이 가슴이나 정강이에 쿵하고 부딪쳤다. 한번은 급소에 부딪힌 적도 있었다. 퍽, 아흐흑. 정신이 번쩍 들 정도다.

그건 사실이었다.

그가 메드닉이었다는 것.

적어도 팀에서는 그가 메드닉이다.

그야말로 양말을 빨아 먹은 건 바로 패트릭이었던 거다.

오늘 이후부터 다시는 야구하지 않을 거야. 메드닉은 스스로 다짐한다. 절대로.

알렉스 라이어니는 글러브 안에서 주먹을 꼭 쥔다. 카터 해리스는 볼 안쪽을 지그시 깨문다. 난도 산체스는 망연자실한 듯 보인다. 여전히 홈을 마주한 채, 다음 공을 기다리며 무릎에 손을 얹고 있다.

중견수 콜린 스위니는 홈런을 맞은 후, 멀리 떨어져 있는 세 친구들을 지켜본다. 문득 영화 〈19번째 남자(Bull Durham)〉에서 나온 대사가 생각난다. 포수 크래시 데이비스가 상대팀이 홈런을 친 후 투수에게 말한 내용이다.

"저렇게 멀리 날아가는 것들은 스튜어디스를 태워야 하는데 말이야."

웃기는 대사야.

바쁜 부모님에게는 잘된 일이다. 부모들은 뭐든지 보게 한다. 사나이 콜린은 영화를 무척 좋아했다. 영화에는 항상 좋게 끝이 났다. 훌륭한 선수들이 항상 이겼다. 이번에는 〈꼴찌 야구단(The Bad News Bears)〉이 생각났다. 누구였더라? 켈리 리크였나? 아니면 뚱뚱하고 곱슬머리의 엥겔베르그였나? 플레이트에서 태그아웃 당했지. 베어즈 팀이 졌었어. 어찌된 일인지 그 결말이 영화를 훨씬 더 돋보이게 해 주었다. 경기에 지는 것이 세상의 끝은 아니라는 것. 그 말은 이런 뜻이 아닐까? 경기에 질 수도 있겠지만 우린 여전히 승리자라는 것.

정말 웃기는 말이야. 너희들은 졌고, 그딴 영화는 만들지 말아야 돼. 그것만은 확실해.

3 대 1로 현재 노스이스트가 앞서고 있습니다. 2루수 빌리 톰슨이 타석에 들어섭니다.

딜런은 톰슨을 짧은 내야 땅볼로 처리한다. 늘 그렇듯 카터가 받아낸다. 4회 점수가 기록된다. 얼 그러브 선수들이 걸어 나가고, 모두의 얼굴에는 믿기지 않는다는 표정이 새겨져 있다.

5회초

	1	2	3	4	5	6	득점	안타	실책
얼 그러브	○	○	1	○	–		1	2	1
노스이스트	○	○	○	3			3	4	1

타순 6 콜린 스위니 7 타일러 와인버그 8 패트릭 윙

레이드 감독은 경기장에서 들어오는 선수들을 바라본다. 그는 그런 모습을 좋아하지 않는다. 고개를 푹 숙이고, 어깨가 축 처진 모습. 선수들의 몸짓은 모두 잘못된 거다. 지금 당장, 바로 이 순간, 아이들의 엉덩이를 걷어차 정신 차리게 해야 한다. 그렇지 않으면 회복할 수 없을지도 모른다.

"이쪽으로 모여 봐. 빨리."

그가 부른다.

"카터, 딜런, 패트릭. 이리 와. 모두들 가까이로 모여."

12명의 아이들과 레이드 감독은 더그아웃 앞에 모인다. 라이어니 씨와 반 잰트 코치도 근처에 서서 이야기를 듣는다.

"2점 뒤지고 있을 뿐이야."

레이드 감독이 말한다.

"그냥 경기를 하면 돼. 한 번에 한 개씩. 너희들이 더 뛰어나다는 걸 보여 줘."

레이드 감독이 딜런을 본다.

"이제 다 같이 손을 잡아. 모두 셋을 세고 팀을 외치는 거야. 딜런이 시작해."

딜런이 하늘을 쳐다보며 목청껏 소리 지른다.

"하나, 둘, 셋!"

"팀!"

아이들이 함께 외친다.

"저기, 제프?"

라이어니 씨가 말한다.

"뭔데요?"

레이드 감독이 빈틈없이 깎은 노란 연필로 득점기록부를 신경질적으로 두드리고 있는 캐스퍼 라이어니 씨를 쳐다본다.

"5회예요. 선수를 교체해야 해요."

"아…… 그렇지. 기록부를 좀 봅시다."

감독은 코치와 잠시 상의하며 마지막 남은 2이닝을 어떻게 끌고 갈지 결정한다.

"난도 대신 맥스를 넣고…… 알렉스 대신 스쿠터…… 그리고 에…… 또 누가 있죠? 마이크는……."

레이드 감독이 브랜든을 흘깃 쳐다보며 망설이다가 생각을 바꾸는 것 같다.

"……에이먼 대신 들어간다."

"알았어요. 영, 웰스, 마이크가 들어가고, 산체스, 라이어니, 에이먼 스위니는 나온다."

라이어니 씨가 다시 확인한다.

"맥스를 포수 자리에 앉히면, 브랜든은 어디로 움직여야 할지……. 적당한 자리를 모르겠군."

레이드 감독이 머리를 긁적이며 말한다.

"1루는 어때요?"

라이어니 씨가 제안한다.

레이드 감독이 깜짝 놀라 그를 쳐다본다. 감독이 씩 웃는다.

"맞아요, 1루. 좋은 생각이에요."

"마운드에 딜런을 계속 세울 겁니까?"

반 잰트 코치가 묻는다.

"뭐라고요? 음, 코치님 생각은 어때요?"

"제프, 당신이 감독이잖소. 그러니 책임을 지셔야죠."

반 잰트 코치는 잠시 주저하다가 말을 꺼낸다.

"그렇게 물으신다면, 전 딜런을 계속 둘 거예요."

"좋아, 됐어."

레이드 감독은 결심한다.

5, 6회 타순은 다음과 같다.

· 원정팀 ·
얼 그러브 수영용품

선수	포지션
딜런 반 잰트	투수
맥스 영	포수
브랜든 레이드	1루수
카터 해리스	유격수
마이크 타이리	3루수
콜린 스위니	우익수
타일러 와인버그	좌익수
패트릭 영	2루수
스쿠터 웰스	중견수

> ### · 홈팀 ·
> # 노스이스트 가스전기
>
> | 선수 | 포지션 |
> |---|---|
> | 저스틴 핑크니 | 유격수 |
> | 프랭크 오자니오 | 중견수 |
> | 닉 클레멘테 | 투수 |
> | 루서 드로스 | 우익수 |
> | 스티븐 스미스 | 좌익수 |
> | 트래비스 그린 | 포수 |
> | 마티 카르비노프스키 | 1루수 |
> | 조이 크로커 | 2루수 |

반 잰트 코치가 손뼉을 친다.

"자, 자, 애들아. 괴짜 스위니가 선두타자다. 그 다음이 와인
버그, 웡 순이야. 웰스는 대기하고. 맙소사, 이응자가 들어가는
이름이 왜 이렇게 많아."

콜린이 엘머 퍼드★의 혀 짧은 소리를 흉내 내며 말한다.

"점수를 내다는 말씀이디군. 이 못딘 퇴끼!"

그 말에 아이들이 아하하 웃는다.

방송실에서 샘은 공식 득점표에 있는 이름을 찾아 싹 지운

★ Elmer Fudd. 1940년대에 제작된 만화 영화 시리즈. 벅스 버니에게 늘 봉변을 당하는 사냥꾼 캐릭터.

다. 그리고 교체 명단을 연필로 꼼꼼하게 적는다. 샘은 얼 그러브 선수들 세 명만이 전 경기 내내 경기장에 있게 될 거라고 기록한다. 레이드, 반 젠트 그리고 해리스. 두 명은 물론 코치의 아들들이다. 리틀리그가 그런 식이라는 건, 알 만한 사람들은 다 안다. 샘은 경기장을 훑어보고, 콜린 스위니가 대기 타석에서 방망이를 휘두르고 있는 모습을 바라본다. 한 순간, 샘은 떠나고 싶은 강렬한 충동을 느낀다. 일어나서 경기를 뒤로 한 채 떠나고 싶다.

알 게 뭐야? 내가 왜 신경 써야 하는데?

샘은 커서 빅 리거가 될 수 없음을 알고 있다. 그렇다 하더라도 그는 믿을 수 없을 정도로 몸이 들끓는 걸 느낀다. 고통스러울 정도로 경기에 나가고 싶다는 열망. 샘은 눈을 감고도 볼 수 있다. 타석에 들어서서, 눈은 경기장을 헤매다가, 서서히 투수를 바라본다. 연습으로 한 번 스윙하고, 또 한 번 스윙, 이제 방망이를 뒤로 하고 준비한다. 손은 어깨 높이에, 아니 조금 더 높이, 팔꿈치는 내리고. 그게 샘이 좋아하는 방식이다. 샘은 직선타를 날리는 선수지, 강하게 밀어치는 선수는 아니다. 공이 발사되고, 미친 듯이 날아온다. 날아온 공에 부드럽게 방망이를 돌린다. 공은 유격수 머리 위로 로켓처럼 날아가, 빈 공간으로 떨어진다. 샘은 타석에서 빠르게 달려 나가는 자신을 본다.

본능적으로 2루타라고 여기지만, 3루타이기를 바란다. 맥박은 고동치고, 힘찬 발걸음에 심장은 기뻐 날뛴다. 평생을 살면서 공을 칠 기회가 그다지 많지 않았기 때문에, 그 순간을 소중히 간직할 수 있었다.

샘이 원하는 건 한 번 더 그런 감정을 느끼는 것이다.

다른 아이들처럼.

난 빼앗긴 거야.

바보 같은 골육종.

의사들과 그들이 내뱉는 말들.

단 한 마디의 말, 골육종. 하지만 샘의 인생을 바꿔 버린 말.

처음 그 말을 들었을 때 샘은 의사 슈리바스타바의 진료실에 부모님과 함께 있었다. 그들은 책상 건너편에 놓인 의자에 앉아 있었는데, 샘은 온통 부목으로 감싼 다리 때문에 불편했다. 어쩐 일인지, 의사는 만일을 생각해서 샘의 다리가 부러지지 않기를 바랐었다. 그들은 부속물을 하기를 바랐다. 그게 무슨 뜻이건 간에 말이다. 분위기는 심각했고, 억지로 잡담을 하는 듯했다. 샘은 아주 중요한 일이 일어나고 있음을 감지했다. 성당에서 미사 중이거나 뭐 그런 것처럼. 아빠는 조용히 앉아서, 온몸으로 들으려는 듯이 앞으로 숙이고 있었다. 엄마는 무릎 위에 노란색의 괘선지철과 펜을 들고 있었다. 엄마는 벌써부터 기록하고 있었다. 병원으로 가는 내내, 엄마는 초초한 듯 계속 수다를 떨며 유별나게 쾌활하게 굴었다. 하지만 지금은 조용했고, 내성적으로 변한 것 같았다.

슈리바스타바 의사는 따뜻한 미소를 지으며 가족을 의자로 안내했다. 그리고 시작되었다. 샘의 새로운 인생이.

의사는 신분증을 목에 걸고 있었다. 아멜라 슈리바스타바 박사, 소아암 전문의. 의사는 부모님의 질문에 대답하고 있는 중이었다. 그리고 그 대답은 골육종인 것 같았다. 샘은 이해하려고 애쓰며 열심히 집중했다. 그 낱말이 모든 걸 설명해 주었다. 모든 게 잘못되었다. 살짝 넘어졌는데도 샘의 다리가 쉽게 부러지는 이유, 정기적인 검사, 뼈에서 자라고 있는 것. 암.

그리고 이제 그 암에 이름을 지어 주었다. 샘은 골육종을 갖게 되었다. 어쩌면 골육종이 샘을 가지게 된 건지도 모른다. 두 개의 낱말, 샘과 골육종은 이제 합체되고, 뒤얽히고, 엉켜 붙고, 영원히 결합되었다. 이 긴 낱말(osteosarcoma)에 파묻힌 철자를 자세히 보면, 샘(sam)의 철자를 발견할 수 있었다. 처음부터 거기에 있었던 거다.

슈리바스타바 의사는 샘과 아빠, 엄마를 번갈아 쳐다보았다. 밀크 초콜릿 같은 피부에 새까만 머리카락을 지닌 의사는, 대부분의 의사들이 그렇게 하겠지만, 명예롭게도 샘에게 직접 말해 주었다. 의사는 샘과 눈을 맞추며, 선명하고 친절함이 담뿍 담긴 눈으로 바라보고 있었다. 좋은 사람이었다. 의사가 착한 사람이라는 걸 샘은 느낄 수 있었다.

거기까지. 그게 다였다. 하지만 그건 무슨 뜻이었을까? 의사는 마치 아무도 이해할 수 없는 비밀스런 말만 하는 것 같았다. 조직검사, 망막아세포종, 전이, 사지절단 구제치료, 화학요법. 아무튼 그 모든 말들이 다트처럼 날아와 샘을 찔렀지만, 진짜 같지 않았다. 샘이 아는 거라곤, 엄마가 아랫입술을 깨물고, 아빠가 손을 뻗어 샘의 손을 꽉 쥐는 것으로 판단하건대, 좋지 않다는 거였다.

샘의 엄마는 계속해서 괘선지철에 휘갈겨 쓰다가 페이지를 넘겨 또 맹렬히 써 댔다. 가족 중에 엄마만이 내용을 기록하고 있었다. 어떤 이유에선지, 샘은 가장 흔한 유형의 골수암에 걸렸다. 그런 암은 보통 10대 청소년들이 급성장하는 시기에 나타난다고 했다. 암이 샘의 다리에서 자랐다. 의사는 암이 번지기 전에 뼈를 제거해야 한다고 했다. 또 뼈 대신 금속 막대기로 교체할 거라고도 했다.

얼마나 괴상망측할까?

수술은 약 12주 후에 있을 거라고 했다. 그 기간과 수술 후 9개월 동안 샘은 아주 독한 약을 먹어야 할 것이다. 약이나 화학요법 치료는 몸속의 나쁜 암 세포를 파괴할 것이다. 하지만 가끔은 그 치료법들이 샘을 아주 고통스럽게 할 것이다.

어느 시점에서 샘은 듣기를 거부했다. 눈을 감아 버렸다. 캄캄했다. 샘은 새까만 낱말들의 바다 속에서 소용돌이치다, 캄캄하고 수수께끼 같은 낱말 속으로 빠지고 있었다. 도망쳐야 했다. 다른 곳으로 달아나야 해. 샘은 듣는 것에 싫증 났고, 숨죽인 대화나 의사들 그리고 하얀 가운도 싫증 났다.

슈리바스타바 의사가 샘을 바라보았다.

"대부분의 환자들은 완전히 회복된단다."

의사가 안심시켜 주었다.

샘은 하품을 참았다. 오랫동안 이 방에 틀어박혀 있었다.

"이제 가도 되나요?"

샘이 부모님에게 물었다.

"샘? 뭐라고?"

"마이크 집에 가고 싶어요. 걔가 새로운 MLB 플레이스테이션 게임팩을 샀거든요. 끝내준대요."

"마이크 집에?"

엄마가 되물었다.

"샘, 내가⋯⋯?"

"괜찮을 거예요."

슈리바스타바 의사가 손목시계를 확인하며 끼어들었다.

"하루 정도라면 괜찮아요."

의사가 따뜻하게 미소 지으며 쳐다보았다.

"마이크가 네 친구니?"

샘은 고개를 끄덕였다. 그야, 물론이죠. 마이크는 그의 친구였다.

"마이크 부모님도 알아요."

라이저 씨가 말했다.

"우리가 왜 여기에 왔는지. 샘이 놀러 가면 분명 기뻐하실 거예요. 마이크와 샘은 정말 친한 친구들이거든요."

샘은 안심했다. 이 방을 벗어나고 싶었다. 공기가 필요했다. 그때 자기도 모르게 질문이 튀어나왔다.

"대머리가 될까요?"

"그래."

의사가 대답했다.

"그렇게 될 것 같구나. 화학요법을 하는 동안에는 대부분의 환자들이 그렇게 된단다."

의사는 샘에게 미소 지었다.

"걱정하지 마. 곧 네 머리카락은 까맣게 자랄 테니까. 그동안, 네가 모자를 좋아하는 것을 보니 기쁘구나."

샘은 본능적으로 머리에 쓴 뉴욕 메츠 팀의 야구 모자를 만졌다.

"이번 시즌이 시작할 때쯤에는 나아질까요?"

의사가 라이저 씨를 쳐다보았다. 이 아이는 안 듣고 있었나?

"샘은 아주 재능 있고, 열심히 하는 야구선수랍니다."

라이저 씨가 설명했다.

"리틀리그 정규 시즌이 6월에 끝나거든요."

"아, 알았어요."

의사가 대답했다. 의사의 입가가 팽팽해지며, 아래로 처졌다.

"유감스럽지만 그럴 수 없단다, 샘. 네 몸이 아파. 넌 심각한 병을 앓고 있어. 우린 네가 건강해질 수 있도록 지금 당장, 아주 철저하게 치료해야만 해. 샘, 난 네가 야구를 할 수 있기를 바란단다. 하지만 먼저 이 병을 치료해야 해."

샘은 의사를 믿었다. 물론 그는 죽지 않을 것이다. 샘도 알고 있었다. 그것 때문에 물었던 건 아니었다. 그래도 그 생각이 샘을 약간 두렵게 했다. 수술, 금속 막대기, 대머리. 어느 정도 기가 죽은 건 사실이었다. 에어로스미스가 디즈니월드에서 탄 것처럼, 무서운 롤러코스터를 타는 기분. 그와 동시에 샘이 정말로 원했던 건 보통 아이가 되는 거였다. 항상 하던 일을 하는 것. 골육종이라는 말을 듣기 전의 삶으로 되돌아가기를 바랐다.

샘은 부모님을 바라보았다.

"그럼, 이제 마이크 집에 가도 되죠?"

"이봐, 샘! 야호!"

콜린 스위니가 방송실을 올려다보며 외친다.

"내 소개나 뭐 그딴 거 할 거지? 끝내주게 소개시켜 줘야 해!"

콜린의 외침소리에 샘은 공상에서 재빨리 벗어난다. 마이크를 더듬더듬 찾아, 안내 방송을 한다.

어, 미안. 타석에 선 콜린 스위니 선수. 상위 5위권에 드는 선수죠.

클레멘테가 초구 두 개를 몸쪽으로 던져 투 볼이 된다.

콜린이 다음 공에 방망이를 툭 갖다 대자 3루 쪽으로 날아간다. 태티스가 잡지만 1루로 던진 공이 낮게 튀어 버린다. 카르비노프스키가 짧게 튀어 오르는 공을 놓쳐 버린다. 공이 툭 떨어져 버리고, 그 실책으로 콜린은 세이프된다. 콜린이 함박웃음을 짓는다.

"왜 그래, 카르비노프스키?"

콜린이 1루수에게 말을 건다.

"있잖아, 네가 공을 잡지 못해서 난 정말 기뻐. 너랑 떠들 수 있어서 무지 좋거든. 하지만 오랫동안 노닥거리지는 못할 것 같아."

다음은 좀 전에 총알 같은 타구를 터뜨렸던 타일러 와인버그입니다.

다음 공이 그물망으로 튀는 바람에 콜린이 예언한 대로 된다.

"봤지!"

콜린이 카르비노프스키에게 외치며, 2루로 달려간다.

타일러가 무시무시하게 방망이를 휘두르고 3루 라인 쪽으로 약하게 떨어지는 타구를 친다. 아슬아슬하게 성공시킨 스윙잉 번트★다. 콜린은 3루로 진출하고, 와인버그는 1루에 나간다. 실력이 좌우하는 게임에 어처구니없게도 아주 약간의 행운이 결합되는 것, 이것이 야구다. 첫 번째 타석에서 타일러는 좌측으로 레이저 같은 타구를 쳐서 아웃되었다. 하지만 다음번 타석에선 폭죽을 터뜨리듯 투두둑 떨어지는 타구를 쳐 타율도 올라갔다.

상황은 다시 한 번 바뀌었다. 두 명의 주자가 나가 있는 상태에서, 새로운 긴장감이 슬며시 다가와 퍼진다. 스릴러 책에서

★ swinging bunt. 방망이에 빗맞으면서 번트 타구처럼 굴러가는 것.

다친 주인공이 어두컴컴한 창고 속으로 혼자 출발하는 것 같다. 관중석의 사람들이 약간 더 똑바로 일어나 앉아, 좀 더 가까이서 지켜보려고 한다. 샘의 목소리에도 기대감이 섞여 있다.

주자 1, 3루. 무사. 다음은 패트릭 웡 선수입니다.

3루 코치석에서 제프 레이드 감독이 결정을 내린다. 번트를 대게 할까, 아니면 아무것도 하지 않고 포 볼로 걸어 나가길 바랄까? 코치는 타일러에게 도루 사인을 보낸 뒤, 타임을 불러 패트릭과 이야기를 한다.

"첫 번째 공을 지켜보다가 타일러가 2루를 훔칠 기회를 줘야 해."

감독이 지시한다. 패트릭은 독수리의 그림자를 본 토끼처럼 겁먹은 표정이다.

"패트릭, 넌 칠 수 있어. 하지만 우선 방망이를 휘둘러야 해. 알겠니?"

패트릭이 모호하게 고개를 끄덕인다.

"투수를 도와주면 안 돼. 스트라이크를 던지게 해."

패트릭 웡은 감독의 지시를 확신하지 못한 채, 타석에 들어선다. 스트라이크. 타일러가 2루를 향해 뛴다. 포수 트래비스 그린이 2루로 던지는 척하다가, 잘못 들어서고 있는 콜린을 보고, 3루수 태티스에게 공을 던진다. 콜린은 먼지를 휘날리며 서둘러 뒤로 돌아간다.

"세이프."

2루심이 외친다.

풀카운트인 투 스트라이크 스리 볼이다. 방망이는 패트릭의 어깨에서 떨어지지 않았다. 하지만 다음 공에 방망이를 휘두른다. 패트릭이 마침내 휘두르다니! 놀라운 일이다. 패트릭이 계속 살아 있다. 파울 볼이 되었고, 여전히 풀카운트다.

얼 그러브 선수들이 칭찬하며 떠들어 댄다. 클레멘테의 다음 공이 낮게 들어오는 것 같았지만, 심판은 삼진으로 선언한다.

몇몇 팬들이 심판의 판정에 불평하며 소리 지른다.

"왜 이래, 포 볼이잖아!"

고개를 숙이고, 패트릭 윙은 천천히 더그아웃으로 걸어간다. 울지 않으려고 무진장 노력한다. 스트라이크 아웃된 인생에 또 다른 스트라이크 아웃이다. 그는 집에 있어야 했다.

원아웃, 주자는 2, 3루. 스쿠터 웰스 선수가 타석에 들어섭니다.

"패스트볼★을 잘 봐."

레이드 감독이 콜린에게 다짐시킨다.

"땅볼에 억지로 달리려고 하지 마. 하지만 투수 곁을 지나는 땅볼이면 뛰어. 뜬공이면 확인하고 홈으로 뛰어갈 준비를 해."

"애송아, 가자아아!"

마이크가 더 크게 소리를 지르며 외친다.

"스쿠터, 날 홈으로 불러 줘!"

클레멘테가 꼼꼼하게 공을 고르다 보니, 시간이 더 많이 지체되고 있다. 스쿠터는 네 개의 공을 치지 않고 걸어 나간다. 타자에겐 장점이다.

베이스가 주자로 꽉 찬다.

세 번째 타석에 들어서는 딜런 반 잰트 선수. 오늘 2타수 1타점을 기록하고 있습니다. 주자는 만루.

고무줄이 툭 하고 끊어지기 일보직전 같은 긴장된 분위기다. 딜런은 이 불안감과 맞서 싸우려고 애쓴다. 투구는 네 개. 원 볼, 투 볼, 스리 볼, 포 볼.

딜런이 1루로 가자 모든 주자들이 앞으로 진루한다. 밀어내기로 득점을 한 딜런은 2타점을 기록한다. 콜린 스위니는 홈 플

★ passed ball. 투수가 던진 공을 포수가 잡지 못하고 뒤로 빠뜨리는 일.

레이트를 밟기 전에 잠깐 멈추었다가, 높이 뛰어 두 발로 콱 찍는다. 얼 그러브 벤치에서 함성이 터져 나온다. 스코어는 3 대 2. 주자는 만루.

레이드 감독이 주자들을 확인한다. 2루에는 빠른 스피드를 자랑하는 스쿠터 웰스. 스쿠터가 들어오면 역전이다. 기회가 생기면 스쿠터를 보내야 해.

다음은 오늘 첫 타석에 들어서는 맥스 영입니다.

노스이스트 감독 로코 클레멘테가 타임을 부른다. 그는 마운드로 걸어가 아들과 의논한다.

그때, 쇠사슬이 연결된 그물망 뒤에서 낯익은 목소리가 마이크 타이리를 부른다.

"얘, 강타자 선수."

마이크는 돌아서서 더그아웃 오른편에 서 있는 누나 캔디스를 바라본다. 누나는 키가 크고, 크림색 피부에 아주 예쁜 미소를 짓는 눈부신 미인이다.

"안녕."

마이크는 누나를 보고 무척 놀랐다.

캔디스는 턱짓으로 우측의 점수판을 가리킨다.

"대단한데, 응? 넌 아직 안 쳤니?

"카터 바로 다음이야. 아마 다음 회 때 치게 될 거야."

"안타를 날려."

"물론이지."

마이크는 대답하지만, 미소는 짓지 않는다.

캔디스는 자신의 어린 동생을 바라보며, 남매 사이에 골이 깊어진 느낌을 받는다. 둘은 아주 좋은 친구 사이였었다. 그녀는 어떻게 해야 예전처럼 좋아질지 도무지 알지 못한다.

"얘, 마이크. 네가 내 경기에 많이 끌려 다녔다는 거 알아. 오늘은 너의 날이야. 네가 챔피언 결정전에서 이기는 모습을 여기에서 지켜보고 싶어."

"그래."

마이크는 이런 일을 상상조차 하지 못했기 때문에 아무 말도 건네지 못한다. 그 대신, 슈퍼스타 캔디스 누나를 보기 위해 관중석에 앉아 있어야 했던 일들을 곰곰이 떠올린다.

마이크 타이리는 글렌즈 폴스 시민회관 팀 벤치 뒤에서 다소 흥분한 부모님과 함께 앉아 있었다. 마이크는 누나 캔디스가 바스켓에 잇따라 공을 넣고, 리바운드*를 잡고, 슛을 블로킹하는 모습을 지켜보았다. 엄마 눈에 어린 표정도 보았다. 딸에 대한 자부심으로 눈물을 글썽인다. 아빠의 가슴이 부풀어 오르고, 턱을 좀 더 높이 치켜드는 것도 보았다. 관객들이 환호하는 소리도 들었다.

캔디스 타이리가—누나 친구들은 '캔디'라고 부른다—리바운드를 잡았다. 한 번의 유연한 동작으로 몸을 돌려, 상대 진영으로 번개같이 질주하고 있는 동료에게 길게 패스했다. 힘껏 달려 경기장을 질주하던 캔디는 자유투 지점에서 공을 받았다. 한 번, 두 번 드리블하고, 멈칫거려 수비수를 제친 뒤, 자유투 레인으로 몰고 간다. 캔디는 멈췄다 튀어 오르며 2미터 점프슛을 쏜다. 그리고 그저 네트만 있을 뿐.

환성이 터져 나온다.

"최고! 최고!"

박자에 맞춰 학생들의 응원 소리가 터져 나왔다. 왜 아니겠어? 단 2분 만에 경기 결과는 확실해졌다. 굉장한 선수 캔디스 타이리가 이끄는 델마 팀이 곧 지역 챔피언 자리를 차지하게 될 것이다. 키 크고, 상냥하고, 강인하고, 매력적인 캔디스는 모든 걸 가졌다. 전액 장학금에 내년 조지아 공대 농구부 1군에서 뛸 수 있는 자격까지 포함해서 말이다.

★ rebound. 농구에서 슈팅한 공이 골인되지 않고 링이나 백보드에 맞고 튀어 나오는 일.

윌리엄 타이리 부인이 손을 뻗어 남편의 손을 꽉 쥐었다. 그들의 어린 딸이 바로 저기에 있었다. 그녀는 특별했으며, 얼마나 멀리 뻗어 갈지 알 수 없다. 팬들이 환호하며, 그녀의 이름을 외치고 있었다.

"캔디, 최고! 캔디, 최고!"

마이크는 감정을 숨겼다.

생각나는 건 오로지, 누나가 싫어, 누나가 싫어, 누나가 싫어.

"긍정적으로 생각해."

캔디스가 말한다.

"내 말은, 좋은 생각만 하라는 거야. 알았지?"

마이크는 홈 플레이트 뒤쪽 방송실을 올려다본다. 창유리 너머로 샘을 바라본다. 샘도 마이크를 내려다보며 가만히 지켜본다. 둘의 시선이 얽히는 것 같다.

"그래, 좋은 생각."

마이크가 멍하니 되풀이한다.

노스이스트 감독 클레멘테 씨가 더그아웃으로 돌아온다.

"경기 시작."

심판이 외친다.

"지금은 얘기할 수 없어."

마이크가 캔디스에게 말한다.

캔디스는 입술을 꼭 다문다. 캔디스는 아무것도, 아무 말도 하지 않은 채 돌아선다. 눈을 깜박거려 실망감을 떨쳐 버리며, 자리를 뜬다.

마이크가 하마터면 누나를 부를 뻔했다. 하마터면 누나가 와서 기쁘다고 말할 뻔했다. 그건 뭔가를 의미한다는 거다. 하지만 마이크는 입을 열지 않는다. 한마디 말도 하지 않는다. 마이크는 누나가 걸어가는 모습을 바라본다. 무슨 말을 했어야 했을까 생각하면서.

맥스 영이 타석 밖에서 꾸물거린다. 그는 수천 번 이 순간을 머릿속에 그리며 살아왔다. 온 집안에 위플 공★을 치며 혼자 꿈꿔 왔던 일이다. 주자는 만루, 1점 뒤진 상황. 맥스는 불안하지 않다. 걱정되지도 않는다. 맥스는 투수를 마주보며 생각한다. 맥스 영이 타석에 들어섭니다…….

맥스가 세차게 후려친 직선타가 중앙으로 날아간다. 타일러 와인버그가 3루에서 쉽게 홈으로 들어와, 3 대 3 동점을 만든다. 중견수 프랭크 오자니오가 껑충 뛰어 날아오는 공을 깔끔하게 처리한다. 레이드 감독이 풍차처럼 팔을 빙빙 돌리며, 스

★ Wiffle ball. 플라스틱으로 만들어진 가벼운 공으로 변화구를 던지기 쉽도록 구멍이 나 있다.

쿠터에게 홈인하라고 한다.

"뛰어, 뛰어, 뛰어!"

감독이 소리 지른다.

스쿠터가 3루 베이스 안쪽 모퉁이를 오른발로 찍고 돈다. 팔을 아래위로 펌프질을 하며 홈으로 질주한다.

내야와 인접한 중앙에서 오자니오가 던진 공이 잔디밭을 한 번 튀어서 포수 트래비스 그린에게 향한다.

"달려라! 달려! 슬라이딩해!"

스쿠터가 슬라이딩한다.

그린이 공을 잡아 스쿠터의 운동화를 쓸며 태그★한다.

"아웃!"

구심이 외친다.

그 순간, DVD 일시 정지 버튼을 누른 듯 모두가 꼼짝하지 않다가, 갑자기 움직이기 시작한다. 양 팀 모두, 팬들, 코치들이 한꺼번에 소리 지르고, 환호하고, 야유하고, 항의하는 등 활기가 넘친다. 서로를 비난하는 맹렬한 기세가 5층으로 나누어진 지구의 대기 속으로 피어오른다. 외침소리와 꿈들이 대류권에서 외기권까지 올라가, 우주 깊숙이 벨벳 같은 공간 속으로 날아오른다. 모든 마을과 도시, 주, 국가, 온 세계, 로간스포트

★ tag. 공이나 글러브를 주자에게 대는 일.

에서 오사카까지, 산크리스토발에서 리틀 록까지, 매일 매일 리틀리그 야구장에서 일어나는 고함소리다. 젊은 혈기로 열정적인 경기를 펼칠 때 만들어지는 소리다.

소동이 가라앉고, 득점은 3점으로 기록된다. 환하게 미소 짓는 맥스 영이 2루에 서 있다. 딜런 반 잰트는 헬맷 귀덮개에 뚫린 구멍에 손가락을 넣어 빙빙 돌리며, 3루에서 빈둥거린다. 딜런은 기분이 좋다. 동점이니까!

알렉스 라이어니는 자석처럼 이 한바탕 소동에 마음이 끌린다. 더그아웃 밖에서 자기가 아빠 뒤에 서 있는 걸 알아차린다.

"이보다 더 좋을 순 없을 거예요."

알렉스가 말한다.

카키색 반바지에, 끝을 안으로 집어넣은 폴로셔츠, 검은 양말에 갈색 구두를 신은 라이어니 씨가 빙긋 웃는다.

"무슨 말인지 나도 알아."

샘은 도저히 말을 할 수 없다. 모두가 방금 보았던 장면을 과연 망가뜨리지 않고 전달할 수 있을까?

정말이지… 와우! 맥스 영의 적시타로 동점이 되고, 프랭크 오자니오 선수의 아주 극적인 송구로 동점을 계속 유지한 상태입니다. 투아웃에 주자는 2, 3루, 다음은 브랜든 레이드 선수입니다.

브랜든은 플레이트 근처에서 방망이를 휘두른다. 간절하게 안타를 터뜨릴 준비를 한다. 반면, 노스이스트는 서로 상반된 감정이 한데 엉켰다. 홈 플레이트로 던진 오자니오의 놀라운 송구와 그린의 멋진 태그 동작은 엄청나게 극적이고, 완벽했다. 하지만 노스이스트는 선두를 잃은 데다, 클레멘테는 더 이상 무적처럼 보이지 않고, 경기 흐름은 악화되는 것 같다.

샘은 야구장 건너편으로 노스이스트 감독 클레멘테 씨를 관찰한다. 그는 힘든 결정에 직면하고 있다. 선발투수를 계속 내세워야 할까? 아니면 구원투수를 내보내야 할까? 샘이 좀 전에 말했듯이, 투수가 감독의 아들이라면 더욱 힘든 결정이 될 것이다. 저들은 경기가 끝난 후 함께 집으로 가야 하기 때문이다.

잠시 후, 로코 클레멘테 감독은 닉에게 우람한 손을 내밀며 소리친다.

"강하게 밀어붙여."

닉을 계속 세울 작정이야. 샘은 그 결정을 이해한다. 여전히 실수하는 거라고 생각은 하지만. 아이들은 더 이상 클레멘테의 빠른공에 겁먹지 않는다. 가스가 다 닳은 것이다. 브랜든이 곧 타석에 들어설 것이다. 어쩌면 지금이 바로 경기가 시작되는 거라고 봐도 되겠다. 그래도 샘은 닉이 이번 기회를 얻을 만한 가치는 된다고 생각한다. 어쩌면 닉은 리그에서 최우수 선수일 것이다. 노스이스트 팀은 마운드에 선 닉 클레멘테와 함께 이기거나 지는 것이 어찌 보면 당연한 것 같다.

1루에 주자 없는 상황에서, 자신감이 흔들린 클레멘테가 신중하게 공을 던진다. 풀카운트. 브랜든이 다음 공에 직선타를 치고 유격수 저스틴 핑크니가 잡아 세 번째로 아웃이 된다. 브랜든은 3타수 무안타를 기록한다.

그래도 얼 그러브 더그아웃은 흥분으로 들썩인다. 지고 있다가 2점을 낸 것이다. 모든 시즌이 마지막 한 경기에 다다랐고, 그 마지막 경기도 한 회씩 줄어들어, 이제 한 이닝과 반이 남았다. 3 대 3 동점이다.

어떻게 될지는 아무도 모른다.

5회말

	1	2	3	4	5	6	득점	안타	실책
얼 그러브	O	O	1	O	2		3	4	1
노스이스트	O	O	O	3	–		3	4	2

타순 1 저스틴 핑크니 2 프랭크 오자니오 3 에인절 태티스

샘은 5회말 선두에 나설 노스이스트 타선을 확인한다. 맨 윗부분부터 시작된다. 핑크니, 오자니오, 태티스. 다른 말로 하면, 골칫거리.

브랜든 레이드가 1루수를 맡은 것을 보자, 샘은 놀라서 다시 쳐다본다. 브랜든의 팔이 아프다면 1루수를 맡은 게 이치에 맞는 일일 것이다. 1루에 있으면 공을 던질 필요가 없다. 게다가 브랜든 같은 선수를 뺄 수도 없는 노릇이다. 그래도 포수 자리가 아닌 곳에서 브랜든을 본다는 건 좀 어색하다. 샘은 맥스 영이 포수 장비를 입고 있다고 기록한다. 왠지 불안한 느낌이 든다.

5회말 노스이스트의 선두타자는 저스틴 핑크니입니다.

맥스가 마운드에 선 딜런과 이야기한다. 맥스는 포수 역할을 좋아하지 않지만, 침착하게 홈 플레이트 뒤에 앉는다. 강한 팔과 기동성. 맥스와 딜런은 변화구로 핑크니를 끝내기로 정한다.

핑크니는 천천히 약하게 들어오는 커브에 방향을 잃는다. 그가 친 파울볼이 난데없이 주차장을 향해 15미터 날아간다. 와장창 유리창이 박살난다. 차량 경보 장치가 요란하게 울린다. 관중석에 있던 한 팬이 투덜거린다. 옆의 사람이 말한다.

"내가 거기에 주차하지 말랬잖아."

가벼운 웃음소리에 관중석이 들썩인다. 비극은 코미디 소재가 된다.

이제 다음 공을 던질 차례야. 딜런은 바깥쪽 높은공을 날린다. 저스틴이 방망이를 늦게 휘둘러 해롭지도 않은 뜬공을 우측으로 쳐 올린다.

콜린이 영화 〈미션 임파서블(Mission Impossible)〉의 주제가를 흥얼거리며 공을 잡는다.

오늘 안타 하나, 외야보살★을 기록한 프랭크 오자니오 선수가 들어

★ outfield assist. 외야에서 타자와 주자를 아웃시키는 송구.

섭니다.

저돌적인 오자니오는 오늘 두 번이나 초구에 스윙한다. 끌어당겨 친 땅볼이 3루 자리에 있는 마이크 타이리 쪽으로 곧게 날아간다. 마이크가 반사적으로 뛰어들면서 손을 몸 반대쪽으로 뻗어 잡아낸다. 타고난 재능이 있는 마이크에게 그런 동작은 쉬운 편이다. 하지만 1루에 송구하는 건 힘들다. 왜냐하면 생각할 시간도 가져야 하고, 엉망진창으로 만들어 놓을 수도 있기 때문이다. 마이크가 1루로 던진 공은 높고 방향도 삐딱하다. 하지만 포수에서 1루수로 변신한 브랜든이 높이 뛰어올라잡고, 빙글 돌아서 맹렬히 돌진하는 주자에게 갖다 댄다. 나이스 플레이.

그렇지! 힘내라, 마이크. 샘은 득점부에 재빨리 기록하면서, 또 하나 드러난 우수한 수비 능력을 동그라미로 표시한다.

마이크는 관중석에 앉아 있는 부모님을 훔쳐본다. 두 분 모두 박수 치며 응원하고 있다. 캔디스는 부모님 옆에서 함박웃음을 짓고 있다.

"굉장한데."

카터가 마이크를 칭찬한다.

마이크가 고개를 내젓는다.

"거의 놓칠 뻔했는데 뭘."

카터가 빙긋 웃으며 손가락 두 개를 펼치고 소리친다.

"투아웃!"

마치 아웃은 아웃인 거야,라고 말하는 것처럼. 야구 관객들을 의심하지 마라.

"잘될 거야, 날쌘돌이 딜런. 이제 술술 잘 풀릴 거라고, 12번."

더그아웃에서 소리가 들려온다. 알렉스다. 후보 선수들도 경기에 푹 빠져 있다. 얼 그러브 벤치에는 난도 산체스, 에이먼 스위니, 알렉스 라이어니 이렇게 세 명이 있다. 난도는 6학년생이기 때문에, 이번에 물러나도 다음 해에 야구를 계속할 수 있다. 하지만 에이먼과 알렉스는 이번이 '메이저리그' 경력의 마지막인 셈이다. 내년엔 베이브 루스★에 진급할 것이다. 경기장은 베이스까지 27미터가 될 정도로 더 넓을 것이다. 마운드와 홈 사이의 거리도 더 멀 것이다. 진루도 하고, 도루도 하고, 필시 보다 적은 팀과, 적은 선수들, 적은 경기를 하게 될 것이다. 선수들의 나이는 13살, 14살, 15살일 것이다. 많은 선수들이 다음 단계로 뛰어넘을 수는 없다. 그 밖에 할 일이 너무 많다.

오늘 펼쳐지는 챔피언 결정전은 여기 모인 아이들이 야구를 계속 할 수 있을지를 결정하는 데 중요한 경기가 될 것이다. 그

★ Babe Ruth League. 청소년 야구 프로그램.

리고 저들은 평생 이 경기를 기억할 것이다.

마이크 타이리의 멋진 다이빙 수비와 공을 잡고 주자를 아웃시킨 1루수 브랜든 레이드의 훌륭한 수비였습니다. 5회말 투아웃. 지금까지 안타를 하나도 기록하지 못한 3번 타자 에인절 태티스.

투 스트라이크 상황에서 에인절이 좌중간으로 직선타를 친다. 스쿠터가 모자가 날아가 버릴 정도로 서둘러 달려가 잡아낸다. 스쿠터가 2루로 던져, 태티스를 1루에 묶어 둔다.

얼 그러브는 멋진 수비를 펼치고 있어. 샘은 방송실 안에서 친구들을 지켜보며 흐뭇해한다. 카터, 스쿠터, 딜런 그리고 마이크가 능숙하게 경기하는 모습을 바라보는 게 즐겁다. 다음 타자가 플레이트로 향하자 샘은 걱정이 되어 배 속이 꽉 조이는 기분이다 .

닉 클레멘테. 샘이 끙 하고 신음소리를 낸다. 어쩌면 저 녀석이 지금의 수비를 부서뜨릴지도 모른다. 그때 휴대전화가 울린다. 지금은 아냐.

"여보세요?"

샘의 아빠다. 아빠는 경기가 끝나면 샘을 태우기 위해 경기장에서 기다리고 있다.

"필요한 거 없니? 마실 거라도?"

샘이 아빠 말을 자르며 말한다.

"괜찮아요, 아빠. 아무것도 필요 없어요. 이만 끊을게요."

샘은 휴대전화를 탁 닫아 버린다. 잠시 후에 다음 타자를 소개한다.

이번 타자는 닉 클레멘테입니다.

클레멘테는 타석에서 타격 연습을 한다. 방망이를 위협적으로 빙빙 돌리며 노려본다. 클레멘테는 굉장한 계획을 품고 있다. 멀리 날려 버릴 거야. 그도 자기가 할 수 있다는 걸 안다.

맥스는 딜런에게 몸쪽 낮게 표적을 정해 준다. 둘째손가락을 움직인다. 직구. 클레멘테의 무릎쪽에 공이 들어온다.

"스트라이크."

심판이 외친다.

클레멘테가 코웃음 치며, "와, 돌겠네." 하고 투덜거린다. 클레멘테는 타석에서 물러나 믿을 수 없다는 듯 고개를 내젓는다. 그는 다음 공을 쳐 좌측으로 깨끗한 1루타를 날린다. 발 빠른 주자 에인절 태티스가 2루를 돈다. 타일러가 공을 놓치자, 태티스가 재빠르게 3루로 달려간다. 타일러는 알아차리지 못한 것 같다. 타일러가 2, 3루 중간에 서 있는 카터에게 공을 던진다. 태티스는 안전하게 3루로 슬라이딩한다.

카터가 마운드로 공을 던지며 "타임." 하고 외친다.

노스이스트 팀의 더그아웃은 요란한 함성을 지르며 활기를 띤다. 1루에 있던 클레멘테가 의기양양하게 손바닥을 세게 친다. 에인절 태티스는 유니폼에 묻은 흙을 털어 낸다.

"잘한다, 잘한다!"

노스이스트 벤치에서 응원 소리가 터져 나온다.

클레멘테의 두 번째 안타. 저 선수가 못하는 게 있을까요? 오늘 다시 한 번, 3루에서 역전의 기회를 맞이하는군요. 루서 드로스가 타석에 들어섭니다.

레이드 감독이 마운드로 걸어 나가, 작전 지시를 위해 내야수들에게 손짓을 한다.

"이 시점에서 도루를 시도하지는 않을 거야."

레이드 감독이 1루에서 기다리고 있는 닉 클레멘테에 대해 말한다.

"하지만 만약 도루를 한다면, 맥스, 넌 카터에게 있는 힘껏 던져. 연습한 대로 말이야. 카터, 만약 에인절이 홈으로 돌진하면 홈 플레이트에서 녀석을 잡아."

"좋은 작전인데요."

카터가 말한다. 여느 훌륭한 선수처럼, 카터는 난처한 상황에서 야구하는 것이 좋다. 마이크는 고개를 끄덕이고, 브랜든은 딜런의 머리를 탁 친다. 패트릭 윙만이 가만히 서 있다. 그는 벤치에 있고 싶어 한다. 아니면 집에서 엑스박스나 하고 있으면 더 좋고…….

루서 드로스가 타석에 들어선다. 관중들은 기대감에 술렁인다.

"저 녀석은 약해. 좀 전에 스트라이크 아웃 시켰잖아."

레이드 감독이 딜런에게 귓속말을 한다.

"그렇다고 갖고 놀지는 마. 몸쪽으로 야금야금 던지지도 말고. 바로 끝내 버려."

딜런은 직구 두 개를 날리고 루서는 연방 헛스윙한다.

맥스가 손가락 두 개를 움직인다. 커브를 던지라는 소리다. 딜런이 고개를 흔들어 거절한다. 맥스는 손가락 한 개를 아래로 내린다. 딜런이 끄덕인다. 모자를 깊이 눌러 쓰고, 와인드업 동작을 취한다.

사람들은 눈 먼 다람쥐가 결국 도토리를 찾을 거라고들 말한다. 능력 없는 타자조차도 스윙하려고 마음을 먹으면, 가끔은 방망이를 공에 갖다 대니까 말이다. 게다가 비참하고 끔찍스럽

171

게도, 그 공은 먹이를 발견한 호랑이처럼 패트릭을 향해 튀어 오고 있다. 가축 무리들 중에서도 제일 약한 가젤, 패트릭 윙에게 말이다.

이런 경우 단짝 친구들인 마이크와 샘은 눈길을 마주칠 필요가 없다. 굳이 그렇게 하지 않아도 같은 생각을 하기 때문이다. 어, 저런.

난 이제 죽은 목숨이야. 패트릭이 속으로 중얼거린다.

공이 맞는 순간 태티스가 홈을 향해 돌진한다. 1루에서 2루로 움직이던 클레멘테가 공 앞을 가로지르는 바람에, 순간적으로 패트릭의 시야를 가려 버린다. 공을 쳤다는 충격에서 완전히 벗어난 루서 드로스가 1루를 향해 움직인다.

패트릭이 깔끔하게 공을 잡는다. 하지만 이 둥글고 하얀 돌멩이를 어찌해야 할지 확신하지 못한 채 머뭇거린다. 패트릭이 2루 쪽을 쳐다본다.

"1루!"

카터가 가리키며 고함지른다.

패트릭이 여전히 공을 든 채 돌아선다.

"공을 던져!"

브랜든이 외친다.

다음 순간, 동료들이 패트릭의 등을 마구 두드리고 있다. 모두들 흥분과 기쁨에 들떠 환하게 웃으며 경기장을 달려 나간다.

패트릭 윙이 해냈다.

귀가 멍멍할 정도의 소동 속에서, 뭔가가 더그아웃으로 들어가려는 카터 주의를 끌어당긴다. 낯익은 휘파람 소리. 누군가 카터의 이름을 부르고 있다. 카터가 특별관람석을 쳐다본다. 지미 외삼촌이 일어서서, 카터를 가리켜 엄지손가락을 치켜들고 있다.

어쩌면.

어쩌면.

아주 단순한 생각이지만, 그래도 카터에게는 상상할 수 없었던 가능성을 주는 것 같다. 새로운 희망. 맑은 하늘.

흐음, 어쩌면.

5회가 끝났다. 스코어는 동점. 경기는 커다란 바퀴처럼 6회 초를 향해 굴러간다.

6회1초

	1	2	3	4	5	6	득점	안타	실책
얼 그러브	O	O	1	O	2	–	3	4	1
노스이스트	O	O	O	3	O		3	6	2

타순 4 카터 해리스 5 마이크 타이리 6 콜린 스위니

방금 여러분은 아주 흥미진진한 경기를 보았습니다. 지금은 6회1초. 이제 얼 그러브의 최우수 유격수 카터 해리스가 닉 클레멘테를 상대로 선두타자로 나서고 있습니다.

카터가 타석에 들어서자, 콜린 스위니는 〈쥐라기 공원(Jurassic Park)〉에 나온 유명한 대사를 떠올린다. 사무엘 L. 잭슨(〈스타워즈〉에서 메이스 윈두 역도 맡았다)이 연기한 레이 아놀드가 무력해진 공원의 동력을 끄기 직전에 이렇게 말했다.

"엉덩이나 꽉 잡으쇼."

콜린을 웃게 하는 말이다. 매번. 아무튼, 지금은 챔피언 결

정전 6회 동점인 상황이다.

"얘들아, 엉덩이나 꽉 잡으쇼."

콜린이 더그아웃에서 말한다. 난도가 피식 웃자, 이번엔 더 큰 소리로 "엉덩이나 꽉 잡으쇼." 하고 다시 말한다.

콜린은 이번에 세 번째 타자로 나설 예정인데도, 벌써부터 방망이를 손에 들고, 챈트처럼 영화대사를 되풀이해서 말한다.

타일러 와인버그가 이를 듣고 장난기가 발동한다. 뒤로 다가가 콜린의 뺨을 꼬집는다.

"에잇, 징그러워!"

콜린이 소리 지른다. 타일러에게 해바라기 씨앗을 한 손 가득 퍼 붓는다.

결국 반 잰트 코치가 더그아웃에 머리를 들이민다.

"야, 콜린! 그만해!"

콜린은 고개를 끄덕이고, 얼굴을 돌려 스쿠터를 향해 히죽거린다. 반 잰트 코치는 너무 심각한 게 탈이다.

콜린이 '엉덩이' ─이때 혀로 입천장을 밀며 '덩' 자를 세게 발음한다─라고 발음한 그 순간, 카터가 우측 끝으로 공을 밀어 친다. 중간에 공을 잡아 송구하려던 수비 실책으로, 카터는 손쉽게 3루로 뛰어들며 확실한 3루타를 기록한다. 야구에서 가장 멋진 플레이다.

지미 외삼촌이 외야석에서 휘파람을 분다.

카터는 레이드 감독과 크고 요란하게 하이파이브를 한다. 철썩.

경기장이 온통 열광의 소용돌이다.

콜린 스위니는 자기가 승리의 문구를 찾았다는 걸 알아차린다. 행운을 부르는 주문 같은 것. 다음 타자 마이크 타이리가 레이드 감독과 상의하고 있을 때, 콜린은 노스이스트 팀에게 사악한 마법의 주문을 계속해서 중얼거린다. 낮은 목소리로, 요렇게.

"엉덩이나 꽉 잡으쇼…… 엉덩이나 꽉 잡으쇼…… 엉덩이나 꽉……."

오늘 첫 타석에 들어서는 강타자 마이크 타이리입니다.

샘의 안내 방송에 마이크는 당황해서 머리를 설레설레 흔든다.

"애송아, 가자아아아!"

난도 산체스가 마이크의 말투를 흉내 내며 큰 소리로 외친다.

이런 사소한 말에 마이크는 긴장이 풀리고, 마음이 진정된다.

"경기 시작이다!"

클레멘테 감독이 자기 팀에게 알린다.

"강하게 해, 닉. 힘껏 던지란 말이다."

샘은 노스이스트 내야수가 잔디 끝에 슬며시 들어오는 것을 본다. 주자는 3루, 노아웃 상황. 이 상황에서 마이크가 할 수 있는 최악의 일이란 스트라이크 아웃을 당하는 일일 거다. 카터는 희생플라이나 땅볼로도 득점할 수 있다. 주자를 홈으로 불러들이기 위해 마이크가 해야 할 일은 무조건 공을 치는 것이다.

힘내, 마이크. 샘이 아주 조그맣게 중얼거린다. 이번이 기회야. 넌 할 수 있어, 힘내……

클레멘테의 초구에 마이크는 깨끗한 중전 안타를 날린다. 카터가 홈으로 어슬렁거리며 들어와 1점을 낸다. 그 안타에 세 명의 팬들이 일제히 일어선다. 마이크의 부모님과 캔디스 누나가 발을 구르고 와 하고 소리치며 마이크를 칭찬한다. 마이크는 입이 찢어지도록 웃는다. 방송실을 올려다보며, 유리창 너머로 샘을 찾아낸다. 샘이 주먹을 높이 쳐드는 모습을 본 것 같다. 어쩌면 빛의 착각일지도 모르고.

아주 중요한 순간에 터진 마이크 타이리 선수의 안타 한 방이었습니다! 얼 그러브가 6회에서 앞서기 시작합니다. 이어서 콜린 스위니 선수가 타석에 들어섭니다.

엉덩이나 꽉 잡으쇼, 엉덩이나 꽉 잡으쇼, 콜린이 작은 목소리로 중얼거린다.

"뭐라고 했니?"

심판이 묻는다.

"네?"

"무슨 말 했잖니?"

콜린이 웃으며 고개를 가로젓는다.

"그냥 혼잣말하는 거예요."

얼 그러브 더그아웃의 모든 선수들이 부지런히 오르락내리락한다. 꼭 동물원의 원숭이들을 닮았다. 주변을 돌아다니고, 펄쩍펄쩍 뛰고, 밀치고, 기어오르고, 떠들고, 꽥꽥거리고 있다.

"잘해, 콜린!"

"애송아, 가자아아아!"

"넌 할 수 있어!"

그렇다, 모든 아이들이 외치고 있다. 단, 에이먼만 빼고. 에이먼은 자기랑 똑 닮은 쌍둥이 괴짜 스위니를 조용히 지켜보고 있다. 에이먼은 자기가 제일 좋아하는 곳에 서 있다. 더그아웃 구석진 자리, 홈 플레이트와 가장 가까운 곳이다. 에이먼은 그물에 기대, 보고 듣는다. 드디어 에이먼이 말하려 한다. 쌍둥이에게 해 줄 수 있는 바로 그 말.

"경기를 즐겨!"

전에도 그런 말을 많이 들었지만, 크게 관심을 두진 않았다. 즐기는 건 콜린의 전공이었다. 에이먼은 좀 심각한 편이였다. 방금 전 그 말을 들었을 때를 떠올려 본다. 그리고 이번에는 이해한다. 정말로, 확실히 이해한다. 즐기는 거야, 알았지? 바로 그거다. 인생이 항상 즐거운 건 아니니까, 그 순간을 즐겨야 한다.

경기가 시작되기 전, 에이먼은 팀에서 가장 심각한 아이였음이 틀림없다. 웬일인지 이 '큰 시합'이 세상에서 제일 큰 부담거리가 되었다. 에이먼은 걱정으로 온몸이 짓눌려 있었다. 44킬로그램의 스트레스. 에이먼은 평소처럼 더그아웃 구석에 서 있었다. 에이먼은 남의 말을 잘 듣고, 또 잘 엿듣기도 한다. 보호 그물에 몸을 기대고 있던 에이먼은 세 명의 코치들이 더그아웃 옆에 서서 이야기하는 모습을 보았다. 라이어니 씨는 레이드 감독이 경기 전에 했던 말을 놓쳤기 때문에 "아이들에게 멋진 말씀이라도 하셨나요?"라고 묻던 중이었다.

레이드 감독은 당황한 것 같았다.

"모르겠어요. 당신 생각은 어떻소, 앤디?"

"잘하셨어요."

반 잰트 코치가 대답했다.

"사실 지미 발바노 연설을 할까 봐 1분 정도는 걱정했거든요."

"흥!"

레이드 감독이 코웃음 친다.

"그게 뭐죠?"

라이어니 씨가 물었다.

"지미 발바노. 최고의 대학 야구 코치였는데 암으로 죽었죠. 아름다운 영혼을 지닌 분이셨소. 어쨌든 발바노가 죽기 얼마 전에 에스피 어워즈★ 시상식에서 유명한 말을 남겼어요……"

"포기하지 마십시오, 절대로 포기하지 마십시오!"

레이드 감독이 발바노의 유명한 말을 되뇌며 말했다.

"텔레비전에서 본 그 장면을 절대 잊지 못할 거요."

"난 이삼 년에 한 번씩 인터넷에서 본다네."

반 잰트 코치가 말했다.

"매번 가슴이 찡하더라고."

대화를 들으면서 에이먼은 마음에 새겼다. 지미 발바노, 에스피 어워즈, 인터넷. 에이먼이 집에 갈 때면 인터넷 검색을 하곤 했다. 그는 방송실 안에 있는 샘 라이저를 생각했다. 사람들은 암으로 죽는다. 에이먼은 그렇게 알고 있었다. 하지만 사회 과목 수업을 듣는 아이에게 그런 일이 일어날 수 있을까? 친구

★ ESPY Awards. 미국의 오락·스포츠 전문 유선방송인 ESPN이 전년도의 각종 스포츠 부문의 최우수 선수와 팀·코치 등에게 주는 상.

는? 아니다, 샘은 분명 좋아지고 있었다. 에이먼은 샘이 진행하는 경기 방송을 얼마나 듣기 좋아하는지를 깨달았다. 샘의 목소리와 자연스러워 보이는 행동은 사람들에게 좋아질 거라는 느낌을 주었다. 그게 바로 샘의 재능일 거다. 비록 몸이 불편하더라도 샘은 경기에 계속 나왔다. 그게 샘이 말하는 방식이다. 좋아질 거야. 또다시 어른들의 웃음소리가 들렸다.

"그래서 선수들에게 뭐라고 하셨죠?"

라이어니 씨가 물었다.

레이드 감독이 씽긋 웃었다.

"즐기라고요."

"그게 다예요?"

"네, 원래 뜻이 그렇거든요. 제가 최대한 생각해 낸 말이에요. '열심히 해, 최선을 다해서. 경기를 즐기는 거야.' 별로 대단하지 않죠, 그렇죠?"

라이어니 씨가 레이드 감독 어깨에 손을 얹는다.

"제프, 실은 말이오. 내 생각엔 아주 완벽한 말인 것 같소."

에이먼 스위니도 동감이다.

하지만 마운드에 선 닉 클레멘테는 분명 즐기고 있지 않다. 전혀. 그의 팀이 4 대 3으로 지고 있다. 게다가 무사에 주자는 1루다. 닉이 할 일은 최대한 손실을 막는 것이다. 어떻게 해서든 추가 득점 없이 이번 이닝을 살아남아야 한다. 이 경기를 끝내야 한다.

콜린이 3루수 에인절 태티스 쪽으로 느린 땅볼을 친다. 너무 느려서 2루에 송구할 수 없기 때문에, 에인절은 1루에 던져 열심히 달리고 있는 콜린을 아웃시킨다.

원아웃. 다음 타자는 타일러 와인버그입니다.

붉은 황소는 일부러 거들먹거리며 타석으로 걸어간다. 그는 감독의 사인을 확인하지도, 연습 스윙으로 질질 끌지도 않는다. 오직 하얀 공이 자기한테 오기를 고대하면서 닉 클레멘테에게 집중하고 있다. 타일러는 마음을 가라앉힌다. 공을 보고 쳐라. 세상은 그가 터뜨려야 할 피나타★다.

★ pinata. 사탕이나 장난감이 담긴 주머니를 막대기로 치거나 줄을 잡아 당겨서 쏟아져 나오게 하는 전통적인 서양 놀이.

내가 때릴 거야.

클레멘테의 초구 두 개가 형편없이 벗어난다. 바깥쪽 높은 공. 타일러가 두려워하는 건 오직 한 가지뿐이다. 포 볼로 걸어 나가고 싶지 않다. 오늘은 아니다. 마지막 회에서는 더욱 그러고 싶지 않다. 다음 공은 타일러가 보기에도 높다. 타일러가 공을 힘껏 때리자 좌측 펜스에 쾅 부딪힌다. 마이크 타이리가 홈으로 달리고 2루타를 때린 타일러는 2루에 도착한다. 스코어는 5 대 3, 얼 그러브가 노스이스트를 앞선다.

"타임!"

로코 클레멘테 감독이 마운드로 서둘러 올라간다. 아빠와 아들이 이야기를 한다. 아빠는 그 자리를 떠나고, 아들은 마운드에 남아 있다.

타일러 와인버그 선수의 멋진 안타였습니다. 오늘의 최고 타자 중 한 명이군요. 다음은 패트릭 웡 선수입니다.

영화 〈매트릭스(Matrix)〉를 보면, 한 꼬마가 숟가락을 응시하자 그 금속 물체가 뜨거운 고무처럼 녹아내리는 장면이 있다. 교묘한 속임수. 그 꼬마는 마음으로 숟가락을 구부린다.

타석에 섰을 때 패트릭 웡이 생각한 게 바로 그거다. 그는 방망이를 휘두르지 않을 것이다. 그 대신, 닉 클레멘테에게 모든 주의를 집중한다. 완벽하게 집중해서, 공이 스트라이크 존을 벗어나게 하려는 거다. 패트릭은 영화 〈판타스틱 4(Fantastic Four)〉에 나오는 수 스톰처럼, 홈 플레이트 주위로 보이지 않는 방어물을 만들어 스트라이크 존 밖으로 공을 튕겨 버리고 싶다.

"스트라이크를 던져."

클레멘테 감독이 초구 두 개가 스트라이크 존을 벗어나자, 고함을 지른다.

패트릭이 몰래 배시시 웃는다. 효과가 있어.

풀카운트.

"이제 신중해야 돼, 패트릭."

레이드 감독이 중얼거린다. 감독도 윙이 걸어 나가길 바라고 있다.

닉 클레멘테의 그날 마지막 공이 무릎 안쪽을 가로지른다. 홈 플레이트 가장자리를 지나는 완벽한 직구. 심판이 몸을 일으키며, 1루를 가리킨다.

"포 볼."

패트릭은 방망이를 더그아웃 쪽으로 던지고 마법의 양탄자라도 탄 듯 1루로 날아간다. 효과가 있어. 해냈다구! 난 초강력

슈퍼 짱이다!

닉 클레멘테는 어쩔 줄을 모른다. 우람한 체격의 이 투수는 발을 쿵쿵 구르고 절망에 빠져 울분을 터뜨린다. 로코 클레멘테 감독이 마운드로 급히 올라와 아들에게서 공을 받고, 그의 어깨에 손을 얹는다. 닉이 물러난다.

샘 라이저가 닉 클레멘테를 바라보니, 경기장에서 제일 덩치 큰 소년이 왠지 좀 작아진 것 같다. 고개를 숙이고 눈은 내리깐 채, 소년은 아빠의 이야기를 듣는다. 닉은 몸을 돌려 새로운 포지션인 중견수 자리로 걸어간다. 두 사람 다 한 마디도 하지 않는다.

얼 그러브 더그아웃에 있는 모두가 그 소리 없는 몸짓을 지켜본다. 그들은 승리를 느낀다. 리그에서 가장 우수한 투수를 내쫓았다. 무엇보다 가장 좋은 건 패트릭 윙이 그 일을 해냈다는 것이다. 그가 바로 낙타 등을 부러뜨린 지푸라기였던 거다.

프랭크 오자니오가 투수석으로 들어오고, 닉 클레멘테는 중견수 쪽으로 옮깁니다. 하지만 클레멘테 선수, 아주 멋지게 잘했습니다.

때맞춰 팬들이 노스이스트의 선발투수에게 한 차례 박수갈채를 보낸다.

다음 타자는 스쿠터 웰스. 주자는 1루와 2루, 여전히 원아웃 상황입니다.

오자니오가 워밍업을 하고 있을 때—오자니오는 형편없는 투수다. 분명 공이 어디로 가는지도 모르는 것 같다—딜런 반 잰트가 스쿠터 옆으로 가만히 다가선다.

"녀석은 아마 엉망으로 던질 거야."

딜런이 주의를 준다.

"이번이 마지막 타석인데."

스쿠터는 똑바로 앞을 응시하며 말한다.

딜런이 금방 알아차리지 못한다.

"이번 시즌에? 아니면……?"

"올해가 끝나면 그만둘 거야."

"왜? 넌 훌륭한 선수잖아."

스쿠터가 어깨를 으쓱한다.

"스케이트보드도 타고, 산악자전거도 타고, 뭐 어쨌든 내 친구랑 더 많은 시간을 보낼 것 같아."

딜런이 빙그레 웃는다.

"아항, 네 말은…… 소피아를 좋아한다는 거야?"

스쿠터가 웃는다. 그래, 여자애들이라면 가장 확실한 대답이

될 수 있겠다. 하지만 사실은 친구들 대부분이 야구를 하지 않는
다는 게 문제였다. 요즘 스쿠터의 마음은 야구에 있지 않았다.

오자니오가 워밍업을 끝낸다.

자신의 마지막 리틀리그 타석에 선 스쿠터 웰스는 공 다섯
개에 포 볼로 걸어 나간다.

또 다시 주자는 만루. 안타 하나면 점수 차가 많이 벌어질 것
이다.

오늘만 해도 이미 2타점을 올리고 있는 딜런 반 잰트 선수, 만루
상황에서 타석에 들어섭니다.

오자니오는 초구를 잘못 던지더니, 이제는 '마음대로 쳐' 공
을 던진다. 딜런은 놀라서 눈이 튀어나올 뻔하지만, 이 왼손잡
이 타자는 방망이를 너무 일찍 휘두르고 만다. 딜런은 우중간
으로 높이 쳐올린다.

"3루를 밟아, 3루!"

레이드 감독이 타일러에게 외친다.

타일러는 서둘러 베이스로 돌아가, 루서 드로스가 우측에서
공을 잡을 때까지 기다린다. 그런 다음, 공을 앞지르기 위해 홈
으로 전속력으로 달린다. 타일러는 공보다 앞서 홈에 도착한

다. 3루에는 윙, 2루에는 웰스가 도착한다. 경기는 끝나지 않았고, 점수가 얼마나 더 날지도 알 수 없는 상황이 된다. 얼 그러브가 6 대 3으로 앞선다. 팀, 코치들, 부모님들 모두 느끼고 있다. 이제 그들의 경기라는 것을. 그들의 시간이라는 것을.

그들이 이길 것이라는 것을.

맥스 영 선수는 5회 투아웃 상황에서 2루타를 때려 동점을 이끌었죠. 다시 타석에 서는 맥스 영 선수. 이번엔 주자 2, 3루에 득점할 수 있는 상황인데요.

클레멘테 감독이 오자니오에게 맥스 영을 고의사구★로 내보내라고 신호한다. 만루 상황에서 포스플레이★★를 하려는 거다. 야구의 기본이다.

맥스는 공을 치겠다는 생각은 포기하고 볼넷을 받아들인다. 방망이를 옆으로 던지고, 동료에게 재빨리 한마디 말을 건넨 뒤 1루로 나간다. 맥스가 브랜드에게 한 말은, "본때를 보여줘."였다.

★ 포수와 투수가 강타자에게 얻어맞지 않으려고 일부러 포 볼을 만들어 1루에 보내는 것.
★★ force play. 타자가 주자가 된 까닭에 원래 베이스에 있던 주자가 규칙에 따라 그 베이스의 점유권을 상실한 것이 원인이 되어 생기는 플레이. 즉, 야수가 주자를 직접 태그하지 않고 주자가 의무적으로 가야 할 베이스만을 터치해도 아웃이 성립되는 플레이.

다음 타자는 브랜든 레이드입니다.

샘은 오늘 브랜든이 삼진아웃 당한 사실을 기록한다. 브랜든이 4타수 무안타를 기록해서 무척 놀란다. 뭐, 항상 처음이란 게 있는 법이니까. 왜냐하면 브랜든이 공 세 개를 헛스윙했기 때문이다. 더구나 마지막 공은 플레이트 앞에서 30센티미터나 튀어 오른 변화구였다. 정말 끔찍하다.

"괜찮아!"

레이드 감독이 손뼉을 치며 외친다.

"잘했어, 애들아! 아주 잘했어! 세 명 더 아웃시키면 돼. 계속 이대로 나가자. 한 번에 한 개씩."

마치 '아라비아의 로렌스'가 이끌기라도 하듯 아이들은 경기장으로 돌격한다. 마운드로 걸어가는 딜런만 빼고. 딜런은 고개를 숙이고, 깊은 생각에 잠겨 있다. 배 속이 울렁거리는 느낌이다. 신경성. 오늘 하루 처음으로 승리의 순간이 바로 코앞에 왔는데 딜런은 두렵기만 하다.

공을 던지기가 두렵다.

6회말

	1	2	3	4	5	6	득점	안타	실책
얼 그러브	O	O	1	O	2	3	6	7	1
노스이스트	O	O	O	3	O	–	3	6	2

타순 5 스티븐 스미스 6 마티 카르노프스키 7 조이 크로커

6회말, 노스이스트의 마지막 공격이 시작됩니다. 동점이 되려면 3점을 내야 되는데요. 선두타자는 스티븐 스미스입니다.

딜런은 좀 전에 타석에 섰던 스미스를 기억한다. 그는 변화구에 약한 것 같았다. 인상 깊은 타자는 아니었다. 딜런은 직구로 카운트를 잡아낸 뒤, 마지막은 바깥쪽 낮은 변화구로 스미스를 막아 낸다.

다음은 트래비스 그린 선수입니다. 오늘 2루타 1타점을 올렸죠.

두 명 더 아웃시키자. 그리고 리틀리그의 역사가 되는 거야. 샘은 득점기록부에 스미스의 삼진을 뜻하는 약자 'K'를 표시한다. 샘은 기록부를 재빨리 넘겨 얼 그러브 선수들의 기록표를 작성한다. 샘에게 그 기록부는 책과 같다. 단지 언어가 '6-3'이나 'K' 그리고 'BB'와 같이 기호로 써진 야구용어라는 걸 제외하고는 말이다. 샘은 페이지에 담긴 내용을 읽을 수 있고, 한 장씩 넘길 때마다 마음속에 경기의 중요한 장면을 다시 떠올릴 수 있다.

샘은 재빨리 계산을 한다. 딜런 반 잰트는 3타점을 내주며 굉장한 날을 보냈는데, 거의 승리 투수가 될 것이 뻔했다. 카터 해리스는 안타 한 개를 쳤지만, 6회 선두타자로 어마어마한 3루타를 날렸다. 브랜든 레이드는 아무것도 치지 못했다. 타일러 와인버그는 오늘 두 개의 안타를 쳐 2점을 기록했다. 마이크 타이리는 운 나쁘게도 타석에 한 번밖에 서지 못했다. 하지만 녀석은 1루타를 때려 카터를 홈인시키고 동점 상황을 끝내 버렸다.

득점기록부에 정신이 팔려, 샘은 딜런이 볼 두 개를 던지고, 두 번째 공이 그물망으로 빠져 버린 순간을 놓칠 뻔했다.

사람들의 말소리가 딜런의 머릿속에서 울리기 시작한다.

"편안하게 해, 딜런!"

"그냥 던져 버려, 던지라고!"

아빠가 외친다.

"스트라이크 던져."

수없이 들었던 소리지만, 이번만은 마음 약한 왼손잡이 투수를 짜증나게 한다. 딜런은 마운드에 내려서서, 더그아웃을 쳐다본다. 나 참, 무슨 저런 말씀을 하신담. 스트라이크를 던지라니. 내가 왜 그 생각을 안 해 봤겠어?

다음 공이 그냥 빗나갔다면, 바로 다음 공은 아예 훨씬 더 빗나가 버린다. 트래비스 그린이 1루로 달려간다. 그는 손뼉을 치며 외친다.

"좋아, 마티. 다시 해 보자."

샘이 관중들에게 알린다.

다음은 마티 카르비노프스키 선수. 마티 선수는 4회말에 스리런 홈런을 쳤습니다.

"스트라이크를 던져, 딜런."

"힘내라, 12번."

"아래쪽을 공략해, 딜런. 녀석이 노리는 건 던지지 마."

볼카운트는 원 스트라이크 스리 볼. 공이 바닥에 튀어 올라 딜런을 지치게 한다. 다리가 샌드백처럼 무겁고 딱딱해진 것 같다. 투수판을 밀어낼 수도, 공을 던질 수도 없을 것 같다. 하지만 그것보다 머리가 어지러운 게 문제다.

카르비노프스키가 평범한 직구를 받아 쳐 레이드와 윙 사이로 빠져나가는 안타를 날린다. 1루 주자 트래비스 그린이 2루에 도착하고 거기에서 멈춘다. 3점 뒤진 상태이긴 하지만, 영리한 그린은 불필요한 모험을 하지 않는다. 아웃당할 위험을 무릅쓰면서까지 3루에 갈 필요는 없기 때문이다.

레이드 감독이 타임을 요청하고 마운드로 걸어간다. 내야수들 모두 주위에 모여든다.

"자, 우리가 3점을 앞서고 있어. 주자들은 문제가 안 돼. 걱정할 필요 없다고. 확실하게 아웃만 잡아내란 말이야."

브랜든이 글러브에 주먹을 세게 친다.

"괜찮니?"

감독이 딜런에게 묻는다.

"조금 피곤해요."

딜런이 순순히 인정한다.

"두 명 더 아웃시키는 거야, 딜런. 노력하자. 한 번에 한 개씩. 너랑 글러브에만 집중해."

딜런이 마운드에서 내려와 침을 뱉어 보지만, 아무것도 나오지 않는다. 입이 바싹 마른 탓이다.

2층 방송실에서, 샘이 득점기록부를 작성한다. 갑자기 경기는 다시 팽팽해졌다. 홈런 한 방이면 동점이 될 상황이다. 크로커가 타석에 들어서지만 뛰어난 선수는 아니다. 하지만 그러고 나면 맨 처음으로 타선이 돌아간다. 핑크니, 오자니오, 태티스…… 그리고 클레멘테.

결과는 알 수 없다.

또 다시 터진 마티 카르비노프스키의 거대한 안타. 오늘 정말로 큰 활약을 보여 주고 있어요. 원아웃, 주자는 1루와 2루. 오늘 두 번째로 타석에 들어서는 조이 크로커입니다.

딜런은 마운드 뒤를 서성이며 숨을 내쉬었다 들이쉬었다 한다. 크로커는 호리호리한 체격의 발 빠른 선수다. 흥분한 에너지 덩어리 같은 이 녀석은 방망이를 짧게 잡고, 자세를 낮추고, 바람처럼 달린다. 홈런 타자는 아니지만 확실히 골칫거리다.

딜런이 직구를 던져 원 스트라이크가 된다. 크로커는 줄곧 방망이만 잡고 있다. 다음 직구는 먼 바깥쪽이지만 맥스 영이 잘 잡아낸다. 딜런이 던진 다음 공이 이번엔 바닥에 튀어 버린다. 또 다시 맥스가 잘 받아 낸다.

이제 지쳤어. 딜런이 하늘을 향해 눈길을 돌린다. 저곳에서
는 도와주지 않아.

레이드 감독이 초조하게 종이 클립을 만지작거리다가, 아무
렇게나 비튼다.

"힘내, 딜런!"

감독이 외친다. 그 녀석을 아웃시켜야 돼.

조이 크로커가 중앙으로 안타를 때린다. 트래비스 그린이 득
점을 하고, 마티 카르비노프스키가 2루로 요란하게 달려든다.
크로커는 1타점을 올리며 1루에 세이프된다.

샘은 눈이 휘둥그레져서 똑바로 앉는다. 세상에, 이러다가
시합을 망치겠어.

이제 스코어는 6 대 4. 동점이 되는 건 홈에서 왼쪽으로 두
칸, 55미터 떨어진 1루 주자 발 빠른 조이 크로커에게 달렸다.

다시 심판이 레이드 감독에게 '타임'을 허락한다. 습관적으
로 투수 교체를 하기 위해 마운드에 오르는 건 이번만 해도 두
번째다.

레이드 감독이 마운드로 향하며 유격수 카터를 힐끗 쳐다보
다가 이내 결심한다. 감독이 고개를 돌려 맥스를 쳐다본다.

"포수 장비 벗어, 맥스. 너랑 같이 갈 거야."

맥스는 홈과 투수 마운드 중간쯤에 서 있다.

"그러면……?"

"네가 던질 거야, 맥스."

레이드 감독이 말한다.

"어, 그, 그러죠."

맥스가 말을 더듬는다. 이런 날이 올지 생각하지 못했다.

레이드 감독이 딜런한테서 공을 받는다.

"딜런, 훌륭하게 잘 던졌어. 이제 1루에서 수비하도록 해."

"두 명만 더 아웃시키면 돼요. 제가 마무리할 수 있어요."

딜런이 항의한다.

"1루."

레이드 감독이 다시 말한다. 그리고 자기 아들을 돌아본다.

"브랜든, 포수 장비를 입도록 해."

브랜든이 아빠에게 작게 중얼거린다.

"아빠, 제가 던질 수 없다는 거 아시잖아요."

"너보고 던지라는 거 아냐."

아빠가 설명한다.

"네 생각이 필요해. 브랜든, 포수로서의 네 머리가 필요한 거
야. 투수에게 볼링하듯이 공을 굴리건 말건 상관없어."

음, 투수 교체가 있는 것 같군요. 맥스 영이 마운드로 올라가고, 딜

런 반 잰트가 1루로 들어갑니다. 브랜든 레이드는 다시 포수 자리로 돌아가는군요.

맥스가 워밍업을 하는 동안, 레이드 감독은 반 잰트 코치와 캐스퍼 라이어니 씨 사이에 가서 선다.

"혹시 심폐소생술 할 줄 아시오?"

레이드 코치가 우스갯소리를 한다.

"이러다간 심장마비 걸리겠어요."

재밌는 농담이었지만 아무도 웃지 않는다. 경기는 새로운 긴장감이 돌고, 돌돌 감긴 밧줄처럼 점점 팽팽하게 꼬이고 있었다. 모두가 그렇겠지만, 그중에서 코치들이 더 절절히 느낀다. 한편 노스이스트 팀은 새로운 희망과 흥분으로 가득 차 있다. 경기에 지고 이번 시즌도 끝났다고 생각했는데 지금 갑자기 뒤바뀐 것이다. 압박감이 얼 그러브 팀의 분위기를 바꾸어 놓았다. 모든 걸 잃어버릴 처지에 놓인 것이다. 선수 하나하나 몹시 긴장된 분위기다.

다음 타자는 저스틴 핑크다. 그 다음은 프랭크 오자니오. 노스이스트 팀의 기회다. 완벽한 기회. 그들 모두 맥스 영을 지켜본다. 부드러운 투구 동작이지만 아주 세게 던지지는 않는다. 게다가 오른손잡이다. 노스이스트는 왼손잡이 투수 반 잰트를 쫓아 버려서 기뻐한다. 종합적으로 맥스를 살펴본 결과, 노스이스트는 같은 결론에 이른다. 저 정도면 칠 수 있겠어.

구원투수 맥스 영은 불안하지 않다. 맥스는 이전에도 수백 번 이렇게 서 있었다. 한 가지 중요한 차이점이 있다면, 그건 진짜가 아니었다는 것이다.

수년간 맥스는 뒷마당에 나가 타격연습대*와 적당히 떨어진 곳에 서서 무한 상상의 나래를 펼쳤었다. 맥스는 꿈의 야구장에서 상상 속의 경기를 했다. 그러는 동안 내내, 혼잣말로 라디오 스포츠 아나운서 목소리를 흉내 냈다. 어쨌거나 말은 실감나게 했다. 맥스는 겨우 들릴 만한 목소리로 중얼거렸다.

"레전드 팀의 선두타자, 타이러스 레이먼드 콥. 이 '조지아의 복숭아'**는 아메리칸리그에서 통산타율 3할 6푼 7리에 열한 번이나 타격왕을 차지한 선수죠. 여기에 공이 들어오고…… 헛스윙…… 강속구로 해치웠습니다. 콥 선수, 투수 맥스 영을 노려보고 있군요……."

맥스는 사상 최고의 선수들과 맞서 싸우며 투수 연습을 하곤 했다. 며칠 동안 공책을 꺼내 놓고 최고의 팀과 마주하곤 했다. 말하자면, 1998년 뉴욕 양키즈, 1934년 세인트루이스 카디널

★ pitchback. 공을 던지면 그물 때문에 튕겨져 나와 타격연습하기에 좋은 기구.
★★ Georgia Peach : 타이러스 레이먼드 콥이 복숭아로 유명한 미국 조지아 출신이었기 때문에 붙여진 별명.

스, 1975년 신시내티 레즈 같은 팀들이다. 맥스는 모든 선수들의 이름과 타순을 알고 있었다. 무엇보다 선수들의 기록까지도 알고 있었다. 타율, 타점, 홈런, 도루 수. 소수점까지도 외울 수 있었다. 맥스는 가슴으로 기록들을 외웠다. 머리가 아니라 가슴속에 그런 정보를 저장했기 때문에, 그 말이 딱 들어맞는 표현이다.

1941년, 테드 윌리엄스는 타율 4할 6리를 기록했다.

1982년, 오클랜드 어슬레틱스에서 활약한 리키 헨더슨은 130개의 도루를 성공시켰다.

사이 영은 통산 511승을 거두었다.

맥스 영은 야구를 사랑했다. 야구도 그 사랑을 되돌려 주었다. 맥스는 운동화 밑바닥에서 모자 꼭대기까지 그 사랑을 느꼈다.

"경기 시작!"

심판이 외친다.

관중석은 술렁거리고 몇몇 부모님들은 격려의 함성을 지른다. 하지만 대부분의 관객들은 조용히 앉아 손톱을 잘근잘근 씹고 있다.

맥스 영이 브랜든의 사인을 받는다. 손가락 하나. 직구다. 핑크니는 원 스트라이크가 된다. 바깥쪽을 확실하게 파고드는 공이다. 맥스는 같은 지점에 다시 던지지만, 이번에는 저스틴이 1루와 2루 사이를 빠져나가는 땅볼을 친다.

2루수 패트릭 윙은 공을 잡지 못한다. 하지만 새로이 1루를 맡은 딜런이 빈 공간으로 들어가 낚아챈다. 딜런이 2루를 보니, 카터가 두 발을 벌리고 서서 공을 던지라고 외치고 있다. 딜런이 완벽하게 송구해 포스플레이를 한다.

카터가 '타임'을 부르고, 공을 들고 맥스에게 걸어간다. 주자는 1, 3루. 투아웃. 카터가 맥스에게 공을 휙 던져 주며 말한다. "마지막으로 한 놈 잡고 우리 아이스크림 먹자."

1루수 딜런 반 잰트의 멋진 플레이! 오늘 뭐든지 다 해내는군요. 노스이스트가 마지막 아웃을 당하면 경기는 끝납니다. 다음은 무법자 프랭크 오자니오입니다.

샘은 자신이 의자를 앞뒤로 흔들며, 손으로 무릎을 꼭 쥐고 있는 것을 알아차린다. 오자니오는 아주 강하고 거친 선수다. 단 한 방으로 이 경기를 끝낼 수 있다. 경기장 아래에 있는 것보다 무력하게 의자에 앉아 경기를 지켜봐야 한다는 사실이 샘을 지치게 하고, 훨씬 더 힘들게 한다. 적어도 경기장 아래에 있었다면 뭔가 할 수 있을 텐데.

만약 내가 경기를 할 수만 있다면. 만약 내가 저기 아래에 있을 수만 있다면.

그럴 수만 있다면.

샘은 중간에서 생각을 멈춘다. 그는 아래로 내려갈 수 없다. 그 대신 경기에 몰두할 수 있다. 할 수 있는 건 지켜보는 것뿐이니까.

맥스 영이 마운드에 서 있다. 맥스가 사인을 보고 있어. 고개를 내젓고, 끄덕이고, 와인드업 동작을 취하고 있어.

오자니오가 좌중간 안타를 터뜨린다. 카르비노프스키가 홈으로 달려들어 스코어는 6 대 5가 된다. 스쿠터 웰스가 외야 펜스로 공이 굴러가기 전에 막아 낸다. 스쿠터는 공을 번쩍 치켜들고, 몸을 휙 돌려 달려 나가는 카터에게 던진다. 이미 아무 소용이 없다.

노스이스트는 온통 열광의 분위기다.

"잘한다! 잘한다! 정말 정말 잘한다아아!"

아이들이 벤치에다 방망이를 세게 두드린다. 쿵, 쿵, 쿵! 그들은 행운을 위해 모자를 뒤집어서 거꾸로 쓰고 있다. 일명 랠리 캡★이다. 그게 효과가 있는 것 같다.

★ Rally caps. 미국 야구경기에서 자기 팀이 지고 있을 때 선수들이 분발해서 경기를 역전시키라고 응원하는 뜻으로 모자를 이상하게 쓰는 것.

샘은 확률을 계산해 본다. 저스틴 핑크니가 2루에 서 있다. 그는 곧 동점을 의미한다. 스피드가 좋은 저스틴은 아마 외야 안타로 득점할 수 있을 것이다. 1루에서 완전 흥분 상태인 오자니오는 역전할 가능성을 보여 준다. 오자니오가 다음 타자 에인절 태티스에게 두 주먹을 들어 올린다.

에인절은 고개를 끄덕이며 침을 뱉고, 방망이 손잡이를 비틀어 잡는다. 에인절 뒤에는 닉 클레멘테가 대기하고 있다. 오늘만 해도 벌써 두 개의 안타를 친 클레멘테다. 오랫동안 3번 타자이기도 하다.

스코어는 6 대 5. 노스이스트는 안타 하나로 동점이 될 수 있는 상황입니다. 이번 타자는 에인절 태티스. 에인절 선수는 지난번 타석에서 빨랫줄 같은 안타를 때렸고, 오늘 3타수 1안타를 기록하고 있습니다.

"애송아, 가자아아아!"

마이크 타이리가 3루에서 맥스에게 소리친다. 경기장에 있는 마이크를 보며 샘은 웃음을 참지 못한다. 마이크는 세차하는 차 안에 갇힌 고양이처럼 안절부절못하는 것 같다. 글러브에 입김을 불고, 바지에 손을 닦고, 한 걸음 뒤로 물러나 2루 주자를 흘끔 보고, 글러브에 주먹을 팡팡 치고, 끊임없이 같은 말만 중얼거린다.

"힘내, 맥스. 힘내, 맥스. 힘내, 맥스……."

야구는 팀 경기다. 하지만 선수가 홀로 서 있어야 할 순간도 있다. 대개 타자들이 동료가 도와줄 수 없는 순간을 경험한다.

하지만 투수가 느끼는 고독감은 훨씬 더 깊다. 마운드에 투수 혼자 다른 사람들보다 25센티미터 더 들어 올려져 있다. 마운드에 선 멍청이라고나 할까. 패배를 받아들이는 것도 투수뿐이다. 맥스 영이 실패했어. 맥스 영이 세이브★를 망쳤어. 기타 등등.

다른 포지션은 그런 책임감을 견디지 못한다.

그러고 보면 야구는 이기주의자나 낙천주의자들의 직업이다. 그 외 다른 사람들한테는 맞지 않다. 왜냐하면 투수가 자신감을 잃거나 한번 의심이 들기 시작하면, 투수 역에서 빼 버리는 게 좋다고 여겨지기 때문이다.

경기가 잘 진행되고 있을 때 투수는 마치 산 속의 왕, 세상의 꼭대기에 있는 것처럼 느낀다. 스포트라이트가 그를 향해 밝게 비춘다. 하지만 그가 못할 때는 별이 지구를 때려 부수듯 눈부시게 노려본다. 모두가 보는 데서 공공연하게 창피를 당하게

★ save. 야구에서 선발 투수의 승리를 지켜 내는 것.

될 것이다. 맥스 영은 투수석에 서서 압박감을 느끼고 있다. 이건 현실이야. 저 멀리 바다 깊은 곳으로 헤엄쳐 들어가는 잠수부처럼 꽉 죄는 중압감이 맥스를 내리누른다. 그는 한 번, 두 번 눈을 깜박이며 집중하려고 애쓴다. 완전히 혼자인 기분.

"넌 할 수 있어, 맥스."

딜런이 1루에서 외친다.

"힘내라, 6번!"

마스크 뒤에서 내다보던 브랜든은 이런 상황을 좋아하지 않는다. 오자니오는 마지막 공을 눈치 챘고, 맥스는 충격을 받은 것 같다.

"타임."

그가 외친다.

브랜든이 마운드로 바삐 걸어 나간다. 마스크를 벗고, 글러브를 입가에 갖다 댄다 .

"3루 근처에 나이 든 사람이 앉아 있는 거 보이니?"

브랜든이 작게 말한다.

"뭐?"

"밀짚모자를 쓴 사람 안 보여? 무릎에 담요를 덮고 한 백 살은 돼 보이는 사람 말이야."

맥스가 몸을 돌려, 접이식 의자에 앉아 있는 나이 든 노인을 알아본다.

"그래서?"

"저 분이 얼 그러브 씨야."

"누구?"

"얼 그러브. 얼 그러브의 수영용품."

브랜든이 말한다.

"저 분은 유명한 주술가야."

"정말이야? 저 분이?"

브랜든이 더 이상 속일 수 없었던지, 빙긋 웃는다.

"아니, 내가 꾸며낸 이야기야. 저 분은 우리 할아버지셔."

맥스가 눈을 깜박이며 쳐다본다.

"뭐? 얼 그러브가 너네 할아버지라고?"

브랜든이 웃는다.

"아니, 저 분은…… 신경 쓰지 마."

"그런데?"

"맥스, 내 말 잘 들어."

브랜든이 이제 심각한 말투로 말한다.

"다시는 내가 사인 보내는 거 거부하지 마. 알겠어? 내가 사인을 보내면, 정말로 잘 던지란 말이야."

맥스가 고개를 끄덕인다.

"날 믿어, 응? 난 저 녀석을 아웃시킬 방법을 알아. 듣고 있니? 그냥 믿는 거야."

"그냥 믿으란 말이지."

맥스가 되풀이한다. 그는 브랜든의 강한 확신에 안도감을 느낀다. 폐에 공기를 가득 채운다. 다시 숨을 쉴 수 있다.

브랜든은 혼자 낄낄 웃으며 서둘러 포수 자리로 돌아간다. 얼그러브는 재밌는 농담이었다. 맥스가 그램파★라고 말할 때까지 기다릴 거다. 브랜든은 자기가 마운드로 올라간 일이 안절부절 못하던 맥스를 정신 차리게 해 주었기를 바란다. 이 일로 더 좋아지거나 경기의 축배를 들게 되기를.

손가락 두 개가 지렁이처럼 움직인다. 맥스 영이 변화구를 던진다. 높은 볼. 다시 손가락 두 개. 에인절의 헛스윙.

"힘내, 맥스."

"그냥 던져 버려, 던지라고!"

카터가 관중석을 흘깃 쳐다본다. 지미 외삼촌과 눈이 마주친다. 그리고 외삼촌 바로 옆에는 엄마가 앉아 있다. 카터는 모자를 눌러 쓰고, 운동화로 내야 땅을 고르며 기다린다. 카터는 샌프란시스코 자이언츠의 오래된 사진 속 풀 죽은 야구 선수 마티 알루에 대해 생각한다. 야구는 그렇게 잔인한 경기가 될 수

★ Grampa. 만화 〈심슨 가족〉에 등장하는 심슨의 할아버지.

있다. 패자는 아주 심한 상처를 받는다.

"힘내, 맥스."

카터가 갑자기 깜짝 놀랄 정도로 무시무시하게 고함을 지른다.

"지금 당장 이기자구!"

맥스가 직구를 던진다. 에인절이 뒤쪽으로 파울을 친다. 투 스트라이크.

"하나만 더, 하나만 더, 하나만 더."

딜런이 중얼거린다. 오른쪽으로 6미터 떨어진 곳에서는 패트릭 윙이 2루 주위를 보이지 않는 에너지 지역으로 만들고 있다. 하느님, 제발 내 쪽으로 치지 않게 주세요.

브랜든이 손가락 두 개를 내린다. 그는 플레이트 바깥쪽에 자세를 취한다. 맥스가 스트라이크 존 바깥쪽에 공을 던지도록 사인을 보내는 것이다. 브랜든은 에인절이 속아 넘어가기를 바란다. 맥스가 던지지만, 에인절은 그대로 있다. 볼카운트는 투 스트라이크 투 볼.

브랜든이 마스크를 올리고 힘차게 침을 뱉는다.

"지금이 가장 좋은 기회인 것 같아."

속으로 중얼거린다. 브랜든은 손가락 1개를 내린다. 직구다. 글러브를 머리 위에 들고, 열었다 닫았다 한다.

맥스는 사인을 받고, 고개를 끄덕이며 브랜든의 사인을 이해한다. 높이 던지라는 신호야.

마지막 순간, 맥스 영은 자기가 꾸며낸 경기에서 상상의 타자에게 공을 던지는 공상에 빠져든다. 그는 작가이자 도구이고, 투수이자 공, 시작과 끝이다.

맥스가 발을 뒤로 내밀어 와인드업 자세를 취하고, 앞으로 던진다. 공은 손가락 끝을 떠나 정확하고 힘차게, 높이 떠서 날아간다.

에인절 태티스의 방망이가 공기를 가른다. 헛스윙.

끝. 게임 오버.

맥스가 털썩 주저앉아, 글러브를 하늘 높이 던진다. 선수들 모두 우르르 몰려나가 소리 지르고 환호하며 마운드로 뛰쳐나간다. 쌓였던 불안감에서 모두 해방되는 순간이다. 얼 그러브 팀의 선수 하나하나가 팀으로서 영원히 함께 뭉친 가슴 떨리는 순간이다. 서로가 강렬한 감정으로 연결되었다. 모두가 챔피언이다.

패트릭 윙이 난도 산체스를 껴안는다. 에이먼 스위니는 겹겹이 에워싼 아이들 위로 올라가 신이 나서 소리 지른다. 타일러가 외야에서 달려와, 록 가수들의 열성팬들처럼 무리 속으로 뛰어든다. 알렉스가 딜런을 보고 그의 어깨에 손을 얹는다.

"딜런, 네가 승리 투수가 되었어. 해냈다구! 챔피언전에서 우리가 이겼어!"

카터는 눈앞에 있는 모두와 하이파이브를 한다. 그리고 그물
망으로 달려가 엄마와 지미 외삼촌을 향해 밝게 웃는다. 카터
가 손가락 하나를 치켜든다. 우리가 최고다. 지미 외삼촌이 카
터를 향해 환하게 웃는다.

"내가 말한 게 바로 그거야. 카터!"

그가 웃음을 터트리며 소리친다.

한편, 콜린은 요란하게 웃으며 계속 소리를 지른다.

"엉덩이나 꽉 잡으쇼, 엉덩이나 꽉 잡으쇼!"

이제 아이들은 둥글게 모여 마이크와 브랜든, 스쿠터와 맥스
처럼 어깨에 팔을 두르거나, 모자를 삐딱하게 쓰거나 벗어 던
진 채, 손과 손을 마주 잡고 서 있다. 그리곤 모두들 펄쩍펄쩍
뛰며 터질 듯한 기쁨을 누린다.

샘은 방송실에 앉아 꼼짝도 하지 않는다. 그는 마이크에 대
고 말할 수십 가지의 이야기들을 생각한다. 하지만 경기장이
모든 걸 말해 주고 있다. 아무 말 하지 않는 것이 제일 좋을 거
라고 결정을 내린다. 누구든지 눈으로 직접 볼 수 있으니까 말
이다. 말은 방해만 될 뿐이다.

레이드 감독이 승리를 축하하는 아이들을 바라본다. 팔을 활
짝 벌려 뛰어올라 아이들과 함께하고 싶지만 꾹 참는다. 그래,

지금 이 순간은 저 아이들의 것이다. 레이드 감독이나 그 밖의 다른 어른들의 시간이 아니다. 뒤에서 지켜보는 걸로도 더없이 충분하다.

브랜든이 흥분해서 뛰어온다.

"아빠, 우리가 해냈어요! 해냈다구요!"

아들이 두 팔로 아빠를 안자, 아빠도 힘차게 꼭 껴안아 준다. 손에 잡힌 여름날 반딧불이처럼 이 기억을 꼭 붙잡고 있기를 바라며. 이 순간이 영원히 계속되기를, 환하게 타오르기를, 지금 서 있는 자리만큼이나 확실하고 놀라운 일임을 깨닫기를.

경기가 끝나고

방송실에서 샘 라이저가 마이크를 찰칵 하고 끈다. 아무 말
도 남기지 않는다.

경기는 모두 글로 기록되었고, 이제 조용해졌다.

샘은 득점기록부를 닫고, 고리에 연필을 끼운 뒤, 팔을 쭉 뻗
으며 하품을 한다.

샘은 기쁨에 넘치는 얼 그러브를 보다가 풀 죽은 노스이스트
팀으로 눈길을 돌린다. 놀랍게도 샘은 여전히 손에 방망이를
들고 대기타석에 기다리고 있는 닉 클레멘테를 깊이 동정하고
있다.

여전히 이 스타 선수는 경기에서 이길 마지막 기회를 간절히

원하고 있다.

샘은 그의 심정을 이해한다.

그럴 수만 있다면…… 그럴 수만 있다면…….

양 팀이 한 줄로 서서 악수를 나눈다. 부모들이 경기장으로 들어온다. 트로피가 수여되고, 사진을 찍고, 비디오를 찍는다. 승자는 웃고, 패자는 떠난다.

그런 순간을 샘은 내내 지켜만 본다. 방송실에서 혼자. 의자에서 움직이지 않은 채. 그가 할 수 있는 거라곤 그게 전부다. 야구에서 중요한 목표는 베이스를 돌아 처음 시작했던 곳으로 되돌아가는 것, 홈으로 가서 하얀 접시인 홈 플레이트를 터치하는 것이다. 지금 당장 샘이 원하는 것도 그것뿐이다. 집, 즐거운 나의 집으로 돌아가는 것. 몸에 약 기운이 도는지 다시 하품을 한다. 피곤하고 배도 고프다.

샘은 테이블에서 머리카락 한 올을 쓸어 낸다. 매일 아침 베개에 떨어진 머리카락을 발견한다. 처음엔 덩어리째 빠지다가 이제는 점점 줄어들고 있다. 곧 다 빠져 버릴 것이다.

아래층에서 문이 열리고, 덜커덕거리며 휠체어를 펼치는 소리와 묵직한 발자국소리가 들려온다. 보나마나 아빠다.

"굉장한 게임이야, 그렇지?"

라이저 씨가 말한다.

"네."

샘이 대답한다.

아빠와 아들 사이에 어색한 침묵이 흐른다.

적절한 말을 꺼내기가 가끔 힘들다. 무슨 말을 하지? 가슴에서 울렁이는 말을 어떻게 표현하지? 거기엔 참고할 만한 득점표도 없다. 선수명단도 없고, 기억해야 할 전략도 없다. 아빠와 아들은 당황해서 아무 말이라도 찾아보려 하지만, 침묵만이 감돌 뿐이다.

"준비됐니?"

라이저 씨가 마침내 입을 연다.

샘은 끄덕이며 바닥으로 눈길을 돌린다.

이런 건 싫다.

그날은 힘이 다 빠져나간 듯했다. 지금 샘이 바라는 건 소파에 누워 할머니가 손수 만드신 담요를 덮고, 간식을 먹으며 텔레비전을 보는 것이다.

"사람들이 거의 다 갔어."

라이저 씨가 아들을 안심시킨다.

"마이크가 아래층에서 기다리고 있단다."

샘이 끄덕인다. 마이크. 친구에 대한 생각만으로도 몹시 지친다. 하지만 어쩔 수 없다. 가야 할 시간이다.

샘의 아빠는 몸집이 크고 가슴이 떡 벌어진 사람이다. 튼튼한 다리에 배가 불룩 나왔다. 아빠가 몸을 숙여 억센 두 팔로 샘을 붙잡는다. 지난 8주간 몇 번이고 그랬듯이, 샘은 반사적으로 아빠 목에 손을 뻗친다. 왼손은 목에 걸치고 오른손은 허리를 잡고 매달린다.

아빠가 샘을 안고 들어 올리자, 다리가 덜렁거린다.

아빠가 숨을 한 번 내쉬더니, 재빨리 공기를 휴우 내뿜는다. 다리를 단단히 내딛고 등을 곧게 편다. 어휴.

아빠는 샘을 계단 아래로 옮겨 조심스럽게 의자에 앉힌다.

휠체어를 몰고 샘을 밖으로 데리고 나간다.

햇빛 속으로, 오후의 따뜻함 속으로, 모두가 걷고 달리고 뛰어오르던 세상 속으로.

샘이 두 개의 굵은 바퀴를 굴리는 세상. 암에 걸린 병약한 소년. 불쾌한 골육종.

샘이 말한다.

"여기에서 나가요."

하지만 마이크가 샘을 똑바로 쳐다보며 계단 위에 서 있다. 마이크는 샘을 내버려 두지 않을 것이다.

"안녕."

"안녕. 너희가 이겼어."

샘이 조용히 대꾸한다.

얼굴을 환히 빛내며 마이크가 히죽 웃는다.

라이저 씨가 헛기침을 한다.

"콜라나 뭐 좀 마셔야겠는걸. 너희들도 마실래?"

아이들이 대답하기도 전에 그는 서둘러 매점으로 향한다.

마이크와 샘만 남았다. 휠체어에 앉은 샘. 그 옆에 선 마이크.

"어, 좀 전에 내가 물었을 때 네가 안 된다고 말했었지."

마이크가 계속한다.

"하지만 난 정말로, 정말로 부모님과 함께 누나 경기에 가고 싶지 않아. 오늘 이후에도 말이야."

샘이 눈길을 피한다.

"피곤해서 난 좀 쉬어야 해. 너랑 같이 시간 보내 줄 사람이 있을 거야."

"아무도 없어. 샘."

마이크가 불쑥 말한다.

"너밖에는."

샘은 마이크가 목을 가다듬는 소리를 듣는다. 그 말 속에 깃든 솔직한 감정이 느껴진다. 그게 샘을 깜짝 놀라게 한다. 지금껏 내내 샘은 알지 못했다. 예전부터 마이크가 찾아와서 텔레비전을 보고, 보드 게임을 하며 놀았지만, 샘은 그저 자기 때문이라고 생각했다. 아픈 친구를 찾아가는 마이크. 암에 걸린 친구를 동정하는 마음.

하지만 그 반대였다. 마이크도 누군가가 필요했던 거였다. 마침내 마이크가 속마음을 털어놓았다.

마이크는 친구를 되찾고 싶었다.

"미안해."

샘이 말한다.

"알아."

"너무 힘들었어."

샘이 힘겹게 침을 꿀꺽 삼키며 고백한다.

마이크가 끄덕인다. 알고 있다는 거다.

"그럼, 잠시 동안 네가 놀러오면 좋겠는데."

"정말이야? 많이 피곤한 거 아니었어?"

"이리 와 봐. 이거 어떻게 조종하는지 아니? 좀 밀어 줄래?"

라이저 씨가 차를 타고 아이들을 따라잡는다. 그가 부드럽게 샘을 뒷좌석에 앉히고, 다리를 펴 준다. 마이크는 앞에 앉는다.

집 앞 진입로에 도착할 때까지도 샘은 잠들어 있다. 하지만 괜찮다. 어쨌든 마이크는 집으로 들어오라는 초대를 받았으니까. 그는 샘의 부모님과 늦은 점심을 먹는다. 구운 치즈 샌드위치와 우유. 샘의 엄마는 노릇노릇하게 빵을 굽는다. 마이크는 그릇을 핥아 먹기까지 한다. 그들은 경기가 얼마나 굉장했었는지, 샘에 대해서, 우정에 대해서, 그리고 남자아이가 하는 게임보다 훨씬 더 어려운 일들에 관해서 많은 이야기를 나눈다.

그리고 샘이 낮잠에서 깨어날 때, 마이크는 여전히 그 자리에 있었다.

_ 감사의 말

이 책은 진 페이웰의 후원과 믿음, 우정이 없었다면 쓰지 못했을 것이다. 리즈 스자블라의 편집 능력, 연출, 세심한 배려에 친절하고 한결 같은 추진력이 없었다면 지금과 같은 모습으로 나오지 못했을 것이다.

특히 알바니 메디컬 병원의 제니퍼 피어스 박사에게 감사를 드린다. 이번 작품에 보여 준 관심과, 소아암과 관련된 도움말과, 우리 가족에게 베풀어 준 은혜에 감사드린다.

마이크 제우스는 이메일로 첫 아이디어를 주고받았을 때부터 초고에 대한 의견에 이르기까지 진행 과정 내내 헤아릴 수 없을 정도로 많은 도움을 주었다. 모든 작가들은 서로 마음이 잘 통하는 독자를 거느리고 있어야 한다. 그런 점에서 나의 독자들은 너무나 훌륭하고 다정해서 정말 고맙게 생각한다.

뉴욕 델마의 트라이 빌리지 리틀리그에서 활약하는 많은 친구들에게 감사를 드린다. 물론 이 책 전반에 걸쳐서 소개된 선수들이다. 특히 이 일을 하기 전에 세 명의 유능한 감독님들 밑에서 내가 리틀리그 코치 역할을 맡은 건 행운이었다. 레이드 스퍼버, 존 란찬틴, 언제나 흥미진진한 피트 부코우스키가 그들이다. 여기에 그분들의 이야기를 쓰려니 확실히 지면이 좀 모자란다. 그분들의 야구 지식뿐 아니라 지역사회에서나 좋은 아버지로서 최선을 다하는 모습을 보여 주어서 참으로 고맙다.

뉴욕 메츠와 휴스턴 애스트로스와의 1986년 내셔널리그 챔피언십 시리즈(NLCS) 6차전 경기에 대해 특별히 말하고자 한다. 나는 재미 삼아 메츠의 9회초와 애스트로스의 16회말에 터진 스릴런 홈런 상황을 잘 섞어서 책의 마지막 장면을 창작했다. 신시내티 레즈와 보스턴 레드삭스와의 1975년 월드시리즈 6차전 경기에 갈채를 보낸다. 나는 그 게임에서 베르니 카르보의 극적인 홈런 장면을 이 책에 옮겼다. 독자들이 8장을 다시 떠올린다면 발견할 수 있을 것이다. Retrosheet.com에서 본 모자에 대한 정보는 아주 재미있는 내용을 제공해 주었다.

이 책의 초기 단계에서 내가 지미의 외삼촌에 대해 골머리를 앓고 있자, 엘리엇 쇼가 자기 집으로 날 초대해 그의 '갤러리'를 보여 주었다. 그곳은 야구 기념품과 관련된 개인 소장품을 따로 모아 놓은 곳이었다.

　내가 리스트를 작성할 수 있는 것보다 더 많은 야구 작가들의 작품이 출판되어서 감사하다. 왜냐하면 그 작품들 속에 미국의 야구 기록이 펼쳐지고 존재하기 때문이다. 이 소박한 작품으로 그 대열에 합류한다는 것은 꿈이 현실이 된 것과 같다.

　뉴욕 델마의 베들레헴 공공도서관에서 초안의 상당 부분을 스프링노트에 직접 썼다.

　마지막으로 내게 야구 사랑을 심어 주신 어머니께 '기립 박수'를 보낸다. 어머니와 함께 야구 경기를 자주 관람하였는데, 가끔은 아주 걱정스러울 정도였다. 어머니는 내 마음속에 야구와 함께 영원히 이어져 있으며, 없어서는 안 될 정도로 단단히 연결되어 있다. 그게 내가 야구를 사랑하는 이유다.

　매기, 개빈, 니콜라스 그리고 위기상황을 언제나 잘 대처하는 4번 타자 아내 리사로 구성된 우리 집 홈팀의 사랑 없이는 이 일을 계속할 수 없었을 것이다.

제임스 프렐러

나의 리틀리그

| 펴낸날 | 초판 1쇄 2009년 1월 29일 |
| | 초판 6쇄 2013년 5월 24일 |

지은이	제임스 프렐러
옮긴이	이경희
펴낸이	심만수
펴낸곳	(주)살림출판사
출판등록	1989년 11월 1일 제9-210호

주소	경기도 파주시 문발동 522-1
전화	031-955-1350 팩스 031-955-1355
홈페이지	http://www.sallimbooks.com
이메일	book@sallimbooks.com

ISBN   978-89-522-1065-4 43840